KB026205

XX 같지만, 이건 사랑 이야기

XX 같지만, 이건 사랑 이야기

김현진 장편소설

우리학교

펜팔 구함

서울에 사는 고등학생입니다.

지적이고 진실한 대화를 나눌 수 있는 친구를 찾습니다.

김민준

강서구 등촌3동 172-31

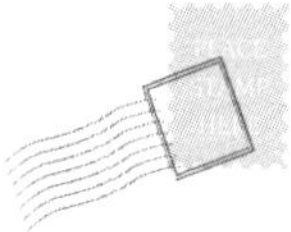

저는 랭보와 프레베르를 좋아하는
열일곱 살의 여고생이랍니다.
진실한 대화라는 말에 마음이 끌려서 편지를 보냈어요.
앞으로 서로 좋은 대화 주고받길 바라요.
- 김초희

때는 1995년.

잘 먹고 잘 사는 이들은 한창 경기 좋은 때를 즐기어

신세대, X세대, 오렌지족, 하다못해 낑깡족까지 나왔으니

삐삐는 물론이고 이따금 휴대폰으로 서로 통하였으며 인터넷의 조상인 PC통신으로

마음을 나누고 또 쉽게 버리던 때에 촌스럽게도 그 흔한 호출기 하나 없어

빨간 우체통을 연분의 매개 삼아 풋사랑을 주고받는 소년 소녀 있었으니,

열일곱 살 소녀 김수미와 열여덟 먹은 소년 전병선이 이들이라.

마음이 곱고 씩씩하며 토실토실한 소녀 수미는 펜팔을 시작하면서,

아뿔싸 저는 김초희라 해요, 하며 그만 스스로를 코스모스

처럼 가녀린 소녀로다

말해 버린 것 어찌하나, 한창 먹을 때라 다이어트 웬 말이랴 발만 동동 구르는데

병선도 어찌할까, 사려 깊고 선량한 이 소년, 단 하나 아쉬운 것 자그마한 체격이라

추후에 크게 성장할 것을 믿고 저는 백팔십 센티미터의 김민준이라 해요, 썼으니 이를 어찌할꼬.

요령 없고 어리바리 뒤뚱뒤뚱 엄벙덤벙 첫사랑아.

민준과 초희와 병선과 수미

악의 없는 거짓말이 눈덩이처럼 커져만 가서 감당이 되질 않으니 이것을 어찌하나.

독자 여러분, 들어 보시려오?

병선

절대로 여기에 내 이름을 전병선이라고 쓰지 않을 테야.

굳게 결심한 병선은 파일롯 하이테크포인트 0.5밀리 수성펜으로 쓰려다가 주황색 파일롯 니들펜으로 바꾸었다. 동네 슈퍼에서 쇠고기랑 돼지고기를 한정 세일 한다며 조간신문에 끼워져 온 파란 전단에 쓱쓱 글씨를 연습해 보면서 그는 그 펜글씨의 품격이 아주 마음에 흡족했다. 오백 원의 차이는 컸다. 중요한 건 품격이었다. 백 원보단 오백 원이, 오백 원보단 천 원이 압도적인 품격을 지니는 법. 이토록 비싼 펜을 한 번도 써 본 적 없는 그는 거듭 만족했다.

품격, 품격. 그래, 남자는 품격인 거야. 이번에야말로 품격으로 승부하고 말겠어. 내 이름에는 좀…… 품격이 없잖아? 반 아이들이 병신이라고 놀리는 것도 정말 지쳤어. '병' 자가 들어갔다는 이유만으로 병신이라고 놀려 대는 급우들의 상상력은 정말이지 너무나 유치했다.

그렇기 때문에 병선은, 한 달에 한 번 누리는 사치인 영화 잡지를 구입할 때 품격을 위해서 진지한 영화의 세계를 탐구하기보다는 오로지 홍콩이나 할리우드 배우들의 컬러 페이지라든가 누가 누구랑 사귄다거나 누구랑 누가 불화한다거나 하는 천박하고 가벼운 화제와 외국 배우의 화보로 일관하는 『로드쇼』보다는 영화 매체 탄생 90년을 기념해서 과연 문제작이라 할 만한 진정한 작품들이 영화의 역사가 쌓여 갈수록 더욱 많이 만들어지고 있는가, 영화라는 매체가 예술이라는 본질을 잃고 그저 흥행과 오락만을 위해서 정녕 타락해 가고 있는 것이 아닌가, 라는 진지한 물음을 소피 마르소의 해사한 미소 뒤에 적절하게 배치할 줄 아는 『스크린』이 그의 고뇌하기 잘하고 상처받기 쉬운 열여덟 살의 섬세한 인격에는 아주 제격이었다. 그러므로 그는 서점 가판대 앞에서 늘 한 치의 망설임도 없이 『스크린』을 택했다.

그렇다, 품격!

그것은 빰~빰 빰빰빠 빰~ 빰 하고 콧노래를 부르며 버려진 폐형광등으로 남몰래 스타워즈의 광선검을 만들어 “May the force be with you.”라고 중얼거리며 휘둘러 본 은밀한 치부 하나와 빰빠빰빰~ 빰빰빰 하고 인디아나 존스의 노래를 부르며 아버지의 중절모와 뒷마당에서 슬쩍하여 채찍으로 삼은 알록달록한 빨랫줄을 공중에 휙휙 휘둘러 본 은밀한 치부 둘을 가슴속 깊이 간직했을지언정 남들 앞에서는 예이젠시테인과 브라이언 드 팔마를 논하는 병선에게 꼭 필요한 요소였다.

그것이야말로 그의 삶을 완벽하게 완성할 수 있는 방점이었다, 라고 말하기엔 아직 갖춰야 할 것이 너무나 많았지만, 열여덟 살의 청춘은 경제력이라든가 연륜 따위에서는 불리하더라도 앞으로 주어진 시간이라는 면에서는 정말로 우월한 위치인 것이다. 실제로 'Boys, be ambitious!'라는 말이 과연 누구를 위해 있다고 생각하는가. 전도유망하다 할지언정 수리할 수 있는 삶의 영역이 훌쩍 줄어든 스물여덟 살의 청년을 위해? 대여섯 살배기 정도 아기가 있는 서른여덟 살의 젊은 가장을 위해? 그렇지 않다. 그 말은 바로 해사하고 풋풋하고 하루에 서너 번씩 마스터베이션을 하기도 하는 열여덟 살을 위해 있는 것이다. 다시 말해 지금 이 순간 품격 없이 살 수 없는 바로 이 소년을 위해 존재했던 것이다. 시간은 많이 있으므로 그는 아무리 많은 야망을 품어도 무방했다. 그러므로 앞으로 많은 것을 쌓아 갈 수 있다, 지성이라든가 섹시한 몸매라든가. 그러므로 품격이라는 것은 그 모든 것을 갖추기 위해서 가장 든든한 포석으로 깔아 둬야 할 건축자의 머릿돌과도 같은 것이었다. 그렇기 때문에 그는 본명을 적지 않기로 마음

먹었던 것이다.

어떤 이름이 좋을까, 여동생 명순이 그녀의 친구들과 뜨뜻한 이불 밑에 무릎을 넣고 손으로는 쉴 새 없이 귤을 까먹으면서 책장을 넘기고, 눈으로는 애조를 띠고 가슴 저린 표정을 한 채 입으로는 여전히 귤을 씹어 삼키며 한숨까지 내쉬느라 아주 분주한 모양새로 늘 열독하는, 파스텔톤의 표지에 아련한 소년 소녀가 그려진 『그 여름의 추억……』 따위의 제목이 적힌 얇은 책들을 흘깃 들춰 보며 면밀하고 신중한 성격의 소년답게 시장 조사를 한 결과 그는 여학생들은 무언가 서정적이고 섬세한 이름을 좋아한다는 결론을 내렸다.

이를테면 민, 채, 윤, 준 따위의 글자가 반드시 들어간, 한마디로 터프하고 남자다움을 동경하는 소년이라면 그 이름이 발음된 지 0.5초 이내에 그런 느끼한 죽밥 같은 이름이 어디 있냐! 라고 비웃음이 즉각적으로 터져 나와야 마땅한 그런 이름이었던 것이다. 그러나 그가 잘 보이고 싶었던 상대는 그런 터프한 소년이 아니라 첫사랑을 꿈꾸는 꽃다운 여학생이었기에 그는 얼마든지 신물 나도록 구역질 나는 예쁘장한 이름으로 자신을 가장할 준비가 되어 있었다.

병선은 비교적 착하고 선량한 아이였다. 아이라면 모름지기 부모에게 이거 사 달라 저거 해 달라부터 그건 됐으니 요걸 보여 달라, 아니 아까 그게 더 좋다에 이르기까지 이루 헤아릴 수 없이 많은 같잖은 요구를 해 대는 것이 정상적인 속성이겠으나, 유순한 아기에서 조용한 소년으로 성장한 그가 부모에게 소리 내어 말한 바람은 딱 두 가지밖에 없었는데, 하나는 '카더라' 통신으로 들은, 러시아에서 무릎 연골을 이용해 키 크게 하는 수술이 성공했고 곧 국내에 들어온다니 그 수술을 해 달라는 거였으며 다른 하나는 개명을 허용해 달라는 거였다.

유소년의 바람치고는 약간 와이드한 스케일이었다는 것과 남자아이치고는 조금 센서티브했다는 게 그 요구의 문제라면 문제이겠고, 다른 센스는 있는데 딱 하나 가정 경제 상황을 고려하는 이코노믹 센스가 없었던 게 굳이 죄라면 죄이겠으나, 그다지 인륜에 반하는 요구까지는 아니었음에도 그의 장렬한 바람은 말세다, 말세야 하며 패륜아 보듯 하는 부모의 통탄과 동기들의 비웃음 속에 산화하고 말았다.

장중한 뉘앙스라는 면에서는 나쁘지 않았지만 대한합기도 천중선이라는 곳을 다니던 친구가 네 이름은 마치 체육관 이름과도 같구나, 하고 놀린 데다가 혜빈관, 명희관 따위의 중화요리집이 마침 그 지역에서 가장 잘나가는 요식 업체로 득세하고 있었기 때문에 짜장면이나 짬뽕 나부랭이를 자주 시켜 먹는 게걸스러운 친구 녀석들은 "여보세요? 거기 전병선이죠? 여기 탕수육하고 짜장면 네 그릇만 갖다줘요." 따위의, 재치가 새우과자의 새우 함유율만큼이나 인색하게 들어 있는 농담으로 예민하고 섬세하고 쉽사리 흠이 나는 그의 영혼에 계속 잔 기스를 내고 있었다.

병선은 영혼이란 지속적으로 상하게끔 방치해서는 안 되는 것이라는 사실을 잘 알고 있는, 나이에 견주어 현명한 소년이었고, 자신의 행복은 자신이 찾는 것이라는 사실을 일찍부터 깨쳤을 만큼 지혜로운 소년이었다. 세상에는 많은 타입의 사람이 있으되 자신은 품격이라는 것을 소중하게 생각하는 타입이라는 것을 일찌감치 알아냈으니 십여 년 후 유행처럼 번지게 될 '자아 찾기'에도 가히 영재라 할 만큼 웃자란 소년이었다. 그래서 자신의 행복을 스스로 찾기 위해 딱풀로 규격 봉투의 겉봉을 붙이고 서랍을 열어 우표를 꺼내 조심스레 침을 발라 붙이고 이제 내 이 두 손으로 나의 품격을 획득하리라아아아, 하고 죽을 고생을 해서 고향 타라의 뒷밭에 가서 바람 든 무를 씹고는 매워서 울부짖던 스칼렛 오하라와도 같은 장렬함과 품위로써 그가 외쳤을 때 그 선언적이고도 장쾌한 아아아 하는 소리는 이윽고 절규의 아아아 소리로 이내 바뀌었는데, 그것은 흉악하기 짝이 없는 절도의 현장을 발견하고 말았기 때문이었다.

서랍 안, 우표를 늘 놔두는 곳 바로 뒤에 위치한 그의 비상

금을 위한 공간이 말끔하게 약탈당해 있었다. 이러언, 동생의 탈을 쓴 도적 같으니.

병선은 고상한 소년답게 속으로만 욕을 하며 날래게 일어났지만 신발을 꿰어 신으려다 다시 책상 앞으로 돌아와 지름 삼십 센티미터 정도로 반 바퀴 맴을 돌았다. 동생을 쫓는 것도 급했고 우편물을 발송하는 것도 급했다. 지적인 기질을 타고난 그와 다른 형질로 이루어진 다른 형제들은 편지를 주고받는다는 우아한 행위에 익숙하지 않기 때문에 공용으로 쓰는 이 책상 위에 놓인 이 편지 봉투를 발견한다면 즉시 신비롭게 느끼고 봉투가 풀로 봉해진 것 따위는 신경조차 쓰지 않은 채 그의 사교적인 행위를 그들의 웃음거리를 위한 제단에 올려 흙발로 마구 짓밟을 것이다. 효율적인 소년답게 그는 두 가지 목적을 동시에 이루려 규격 봉투 겉봉의 '보내는 사람' 자리에 주도면밀하게 이름을 적어 넣은 다음 대문에서 고작 삼 미터 거리에 있는 우체통에 던져 넣은 뒤 아식스 운동화를 꿰어 신고 신속하게 동생을 추격하기 시작했는데 그의 발걸음에는 다음 갈 길을 아는 자 특유의 명징함이 있었으니, 이는 그가 배은망덕한 동생이 저금통에서 훔친 동전을 들고 어디로 날았을지 익히 아는 바가 있음이었다.

삼 년 동안 쫓던 범인을 골목으로 몰아넣는 형사처럼, 지아비의 씨를 받은 이오를 뒤쫓는 헤라 여신처럼, 다프네를 찾아

내달리는 아폴론처럼, 미궁 속으로 도망치는 미노타우로스에게 최후의 일격을 가하려 숨죽인 발걸음을 내딛는 테세우스처럼, 굳건한 두 다리를 펌프처럼 놀려 바람처럼 달려간 그가 동네 슈퍼에 닿기 세 걸음 전의 골목길에서 근사한 타이밍으로 동생을 붙잡아 족치는 광경이 은은한 가로등 불빛 아래 묵묵히 그 자리를 지키는 동안 새빨간 우체통은 그의 보통우편을 꼴깍 삼키고는 아무 일도 없다는 듯, 나는 아무것도 못 봤다는 듯, 부지런한 집배원이 열쇠로 배를 따고 그날 치 사연들을 고스란히 수거해 갈 때까지 조용히 그 거리에서 밤새 그의 편지를 품고 있었다.

수미

"야, 야, 공부하냐? 꼴에?"

벌써 세 번째였다, 뒷자리 은미 년이 더러운 실내화로 그녀가 앉아 있는 걸상을 걷어찬 것은. 수미가 세 번까지 참아 보려고 한 까닭은 성정을 곱게 유지하려 한 때문도 아니요, '정숙 순결 지성'이라는 모교의 교훈에 깊이 공감하고 있었기 때문은 더욱 아니요, '요조숙녀가 되자'라는 급훈에 감화되어서는 더더욱 아니며, 은미 년의 얕은 짐작대로 공부를 하고 있었기 때문에는 천만에 만만에 아니었다.

이 허튼 이유 네 가지 중에는 그나마 성정을 곱게 유지하고자 했다는 맨 앞의 것이 사실에 가장 가깝겠으나 그것으로 인하여 수미가 더 나은 여자이며 더 나은 인간이 되어 자아를 실현하자 하는 것 따위는 물론 전혀 아니고, 그냥 좀 더 아름답고 귀엽고 여고생답게 사랑스러운 편지를 쓰고 있는데 뒷자리에 앉은 년이 걸상을 발로 차는 것이 지나칠 수 없는 쓴잔이라면 내 기꺼이 그 잔을 원샷 하겠노라, 그런 숭고한 태도에 다름 아니었던 것이다.

하긴 은미가 수미의 걸상을 향해 무례한 킥을 세 번이나 남발한 것을 전적으로 그녀의 싸가지가 잠시 출타 중인 탓으로만 보기에는 약간 무리도 있는 것이, 평소 같으면 아침 자습이 시작되기 삼십 초쯤 전에 여유작작하게 도착하자마자 박진영의 비닐 바지를 봤냐는 둥, 뭐니 뭐니 해도 역시 서태지가 제일 귀엽다는 둥, 신성우는 머리를 자르면 별로일 테니 잘생긴 게 아니라 머리빨이 틀림없다는 둥, 그런 이유라면 이덕진도 사실은 이름처럼 구릴 거라는 둥, 근데 『슬램덩크』에서 나중에 서태웅이 암에 걸려 죽는다는 사실을 알고 있냐는 둥, 영양가 없는 이야기를 해 가며 매점에서 사 온 간식을 볼따구니가 미어터지게, 위가 빵빵해지게 밀어 처넣으면서 즐겁게 서로 과자 부스러기를 튕겼을 터이기 때문이다.

그렇게 빠다코코낫이나 빼빼로, 이츠크래커, 자갈치와 초코다이제스티브 등이 한창 자라나는 활기 가득한 여고생들의 배 속으로 자취를 감춘 뒤에는 곧 점심시간이 올 것이고, 그러면 수미와 은미, 그리고 두어 명의 점심 멤버들은 아예 교실 청소함 안에 숨겨 둔 수미네 집 양푼에 밥을 싸그리 담아 넣고 반찬도 뿌려 넣고 썩썩 비빈 뒤 모두 거기에 머리를 처박을 듯 달려들 것이다.

일찌감치 교복 치마의 호크를 풀어서 옷핀으로 고정해 놓은 그녀들의 모습이 돼지들을 연상시킨다고, 소녀답지 않다고 일부 몰지각한 선생님들이 혀를 차며 개탄하듯 여고생들에 대해 나이브한 환상을 품은 자들은 실망할 여지도 있겠으나 진정한 여고 생활의 낭만은 낙엽을 따서 종이에 누르다가 그게 바람에 굴러가면 까르르 웃는다든가 네잎클로버를 찾겠다고 풀밭을 굴러다니면서 토끼풀로 꽃반지를 만든다거나 그가 나를 좋아하는지 수줍게 꽃점을 친다거나 하는 따위가 아니라 정녕 이런 것임은, 신사임당이 현모양처이고 에디슨이 발명왕인 것만큼이나 바뀔 수 없는 진실이었다.

적어도 은미 생각에는 그랬고, 자신과 사상을 공유한다고 철석같이 믿고 있던 수미가 저렇게 책상 앞에 다소곳이 앉아—사실은 꽃무늬 편지지를 앞에 놓고 펜을 끄적거리는 것이지만—흡사 열렬한 학습 활동을 하는 듯한 작태를 보이는 것은 은미의 마음에 더할 수 없이 엄청난 충격이요 배신으로 다가왔다. 마치 독립운동에서 하나하나가 귀중한 동지를 잃은 것만 같은 충격은 수미의 책상 위에 놓인 책이 『수학의 정석』이나 『성문종합영어』 따위가 아니라 『스크린』인 것을 감지하고서 한결 누그러졌으며, 배신감이 사그라진 자리에는 호기심이 뱀처럼 고개를 뾰족 들었다.

지분거림이 계속되자 수미는 여름날의 분수처럼 높이 솟구치는 짜증에 자리에서 벌떡 일어났다. 어차피 은미 년이 걸상을 뻥뻥 걷어차는 것이 함께 놀아 주지 않는 수미의 우정을 향한 갈망 따위가 아니라 뱀 대가리처럼 뾰족 고개를 든 꽃무늬 편지지와 스크린 사이의 역학 관계에 대한 호기심 반, 수미의 가방에 지금 들어 있을 삼립크림빵 봉지에 대한 호기심 반이라는 것 정도는 어떤 청맹과니라도 모를 리 없었다. 그 크림빵 봉지로 말할 것 같으면 한 사람의 불행이 어느 한 사람에게는 행운이 된다는 오래된 서양 속담을 극동의 나라에서 재현한 완벽한 케이스로, 불행은 시대의 흐름에 발맞추어 집을 담보로 잡아 그런대로 올망졸망 굴러가던 구멍가게인 부부슈퍼를 ampm이라는 일본계 편의점으로 새롭게 재개업한 수미 부모의 몫이었으며, 행운은 그 편의점에서 소화하지 못한 삼립크림빵을 차지하게 된 수미의 몫이었다.

수미의 부모는 그들의 신종 사업에 기대가 몹시 컸는데 그것은 ampm 본사 쪽에서도 마찬가지여서 일주일에 한두 번씩 편의점의 위생과 서비스 상태 등을 체크하려고 본사 직원을 내보낸바, 그 역시 자신의 새 직업에 기대가 무척 큰 젊은이여서 불타는 열의를 안고 자신의 직분에 헌신하였다.

그 헌신은 수미의 부모에게는 그다지 좋지 않은 쪽으로 작용해서 그 열렬한 직원이 불시에 들이닥치는 날마다 언제나 버리지 못하고 들키는 것이 몇 가지 있었으니, 구멍가게 운영 시절의 사업 마인드와 유통 기한은 사뭇 지났으되 멀쩡한 제품 그 두 가지가 그중 대표 격이었다. 수미의 부모는 그 둘을 모두 번쩍번쩍하는 진열장 맨 뒤에 슬그머니 숨겨 두었다가 직업 정신에 불타는 조카뻘의 새파란 청년에게 호된 꾸중을 듣곤 하는 것이었다. 우유나 요구르트 같은 유제품은 그런대로 수요가 있어서 정해진 날짜를 넘기는 적이 거의 없었지만 오십 미터도 안 되는 바로 근방에 크라운베이커리와 파리바게뜨가 잇달아 개업하면서 편의점의 빵들은 말 그대로 죽을 쑤었다.

사실 빵을 가지고 죽을 쑬 수는 없는 노릇. 팔리지 않는 신세가 된 빵은 온몸으로 상했고 빵이 팔리지 않자 수미의 부모는 덩달아 마음이 상했다. 인근의 현대식 제과점들은 소보루, 단팥빵 같은 제빵계의 듬직한 거물들은 물론이요 크루아상, 피자빵, 초코크림소라롤 등 제빵계에 갓 데뷔한 풋풋한 신인들까지 입맛도 다양하게 갖추고 있어 ampm 남가좌동점의 삼립과 샤니 빵들은 점점 설자리를 잃어 갔다.

날이나 추우면 야채호빵과 피자호빵을 좌청룡 우백호로 거느린 호빵 군단의 역습을 노려 볼 만도 했건만 운명과 사

계절의 이치는 ampm 남가좌동점을 배반하여 때마침 날은 초여름으로 달려가고 있었다. 옥수수빵처럼 수분 함유율이 적은 빵은 유통 기한을 며칠 더 받아 실낱같은 목숨을 연장했건만 풍성한 속을 자랑하는 고로케 같은 빵은 하루만 지나면 그 풍성한 속이 미덕이 아니라 천덕이 되어 쑥스러웠다. 빵의 쑥스러움이나 고독과 ampm 사장 부부의 열망, 그리고 좌절과 상관없이 유통 기한이 하루만 지나면 환호성을 올리며 진열장으로 돌격하는, 온 가족 중 유일하게 행복한 사람이 하나 있었으니 바로 ampm 둘째 딸내미 수미였다. 유통 기한이 지난 빵을 본사로 반품하는 것이 원칙적으로는 가능했지만 판매 성적이 저조한 대리점으로 찍혀 혹시라도 빈축을 살까 사장과 그의 아내는 두려워했다. 그리하여 수미는 아침으로 크림빵 다섯 개를 먹어 치운 뒤 비닐봉지 대 자에다가 삼립단팥빵, 샤니러스크 따위를 잔뜩 채워 등교하는 사치스러운 여고생활을 구가할 수 있게 된 것이었다.

그녀의 학교 매점 이용 빈도는 곧 현저히 줄어들어 절약된 돈으로 우표와 꽃무늬 편지지를 살 수도 있게 되었다. 빠다코코낫이나 콘칩 등은 쉽게 유통 기한을 넘기지 않는 것이 몹시 유감스러운 수미는 방부제를 조금 적게 넣었다면 좋았을 텐데, 하고 태어나서 처음으로 대기업의 득세와 자본주의의 원리를 못마땅해했다. 크림빵 덕에 배가 고프지는 않았지만 콘

초코나 캬라멜콘이 주어진다면 그것 또한 기꺼이 해치울 자신이 얼마든지 있었다.

원래 열일곱 살은 그런 나이인 법이다. 피자를 여자아이들은 한 판, 사내아이들은 두 판씩 먹어 치울 수 있는. 그리고 여자아이들은 친구들과 깔깔거리며 사내아이들 이야기를 하고, 사내아이들은 여자아이들의 시선을 의식하며 농구 골대 앞에서 해 질 때까지 부른 배를 꺼뜨리고 야한 책을 돌려보는. 그것은 자연과 생식과 젊음의 이치였다. 그러나 수미는 물론 자신이 그 이치에 더할 나위 없이 충실히 맞추어 살아가고 있음을 지금 꽃무늬 편지지와 꽃무늬 편지 봉투를 받아 볼 대상에게 알려 줄 생각은 추호도 없었다. 오히려…….

“저는 랭보와 프레베르를 좋아하는 열일곱 살의 여고생이랍니다? 야! 프레베르가 뭐냐? 새로 나온 과자 이름이냐?”

표지에 몰티즈 새끼 세 마리가 그려진 수미의 연습장을 낚아채 읽어 내려가는 은미의 마음속에서는 자제력과 호기심이 결투를 벌이던 끝에 드디어 호기심이 이긴 모양이었다. 또한 겁대가리와 호기심이 2차전을 벌인 끝에도 호기심이 이긴 모양이었다. 그렇다면 그에 걸맞은 대우를 해 줘야겠지. 수미는 NBA 드래프트 순위 1번의 슈팅가드처럼 잽싸게 몸을 놀려 연습장을 빼앗고는 두툼한 겉표지로 은미의 머리를 빠악 하고 휘갈겼다. 그것은 인과응보의 원리였다.

"미친년, 프레베르도 몰라."

수미도 잘 알지는 못했다. 언니 책꽂이를 대충 훑었던 기억에 랭보나 펄벅 같은 이름이 있었지만 프, 프, 프…… 누군지는 잘 기억나지 않았다. 은미 말이 맞나? 명색이 편의점집 딸인데 이런 수치가!

과자 이름이라면 누구에게도 뒤지지 않을 만큼 아는 수미였다. 확실히 프레베르는 과자 이름이랑 비슷했다. 이를테면 사브레나 프랑소와 같은 과자.

사브레로 말할 것 같으면 황금색에 둥글넙적하게 구운 정통 유럽 고급 쿠키를 표방하는 본격 마가린 맛 과자였는데, 정통 유러피언치고는 겸손하게도 사백 원밖에 안 했다. 프랑소와 쪽을 볼작시면 정통 프랑스의 맛을 주장하는 얇고 네모난 상아색의 과자로, 쿠키도 아니고 비스킷도 아닌 것이 뭔가 애매모호한 맛이라 수미는 그리 좋아하지 않았지만 기름종이처럼 얇게 썬 아몬드가 다닥다닥 붙어 있어 약간 고급스러워 보이는 면모도 있었다. 그렇다고 그렇게까지 고급스러운 건 아니면서 가격은 칠백 원이나 했는데, 파리지엔의 콧대라고 생각하면 아주 못 봐 줄 것까지도 없었다.

"야, 김수미. 근데 너 진짜 편지 보내게?"

"왜? 그러면 안 되냐?"

"아니. 안 되는 건 아니지만……."

안 될 것은 절대로 없었다. 무엇보다 가까이에 크게 성공한 케이스가 있었다. 수미 언니의 친구의 친구가 펜팔로 결혼했다는 이야기는 수미뿐만 아니라 이 지역의 모든 십대 소녀들에게 퍼지고 또 퍼져서 급기야는 이 지역의 체신 성적에 크게 이바지하는 일로 발전하고야 말았으니, 중국에서 나비가 날갯짓을 하면 미국에는 폭풍이 몰려오고 언니의 친구의 친구가 안개꽃 같은 웨딩드레스를 입고 비 오는 날 거미줄처럼 나붓한 소맷부리를 살며시 흔들면 온 동네 소녀들이 모두 우체국으로 몰려간 셈이니 정녕 생활 속의 나비 효과란 이런 것이었다. 언니의 친구의 친구는 무려 이 년 동안이나 펜팔로 알뜰히 정을 쌓아 오다가 둘 사이의 오랜 약속대로 편지를 주고받은 지 꼭 이 년째 되는 날 만났는데, 약속 장소로 더할 나위 없는 세팅이었던 중앙공원의 백 년 된 느티나무에 등을 반쯤 기대고 서 있던 펜팔 상대의 훤칠한 키가 마침 노을을 받아 땅바닥에 길게 늘어졌는데, 그 기다란 그림자를 보며 언니의 친구의 친구는 아아, 내 남자를 찾았구나, 하고 그림자만 보고도 알았다고 했다.

키만 컸냐 하면 그럴 리가. 물론 언니의 친구의 친구는 남자의 용모를 따지지 않는 겸손하고 착한 사람이었기 때문에, 또는 자신이 겸손하고 착한 사람이라는 주장을 더욱 견고하게 뒷받침하기 위해 굳이 그 이야기를 뒤로 미뤄 뒀는지는 모르겠지만, 그림자만 보고는 이 님이 내 님이라고 마음을 정한 다음 얼굴을 올려보자 희지도 그을지도 않은, 모공 하나 찾을 수 없이 매끄러운 살갗의 그 님은 당시 버스를 홀몸으로 멈추는 영화에 나와 그야말로 소녀들의 마음을 사로잡았던 키아누 리브스를 닮은 우수가 어린 홍안의 미남으로, 달을 닦아 놓은 것도 같고 해를 깎아 놓은 것 같은 데다 무엇 하나라도 빠지는 게 있었냐 하면, 심지어 목소리마저도 귓구멍 속의 오랜 귀지가 깜짝 놀란 나머지 모조리 녹아 용암처럼 뜨겁게 귓바퀴를 타고 흘러내릴 만큼, 고급 꿀이 혀 밑에서 뚝뚝 떨어질 듯한, 맥아 물엿처럼 매끄러운 목소리였다.

늘 꿈꾸던 왕자님이 나타나 잠시 어지러워진 언니의 친구의 친구는 순간 현기증을 느껴 쓰러질 뻔했지만, 왕자님의 든든한 팔이 섬세하고도 정중하게 붙잡아 주었다. 그 느티나무 아래에서 두 사람은 불을 뿜는 용에게 사로잡힌 아리따운 처녀와 용이 뿜어내는 불에 찰랑거리는 머리카락을 살짝 그슬리면서까지 그녀를 낚아채어 구해 내는 백마의 기사라도 된 양 불길 같고 번개 같은 사랑에 빠졌다. 두 사람이 선남선녀로 잘 어울리는 데다 어찌나 서로를 끔찍이 생각하는지 불을 뿜던 용마저도 발톱을 조심해 가면서 두 사람을 향해 불 대신 꽃을 뿌려 줄 정도였다.

수미는 언니의 친구의 친구 역시 달을 닦아 놓은 듯하고 해를 깎아 놓은 듯한 펜팔 상대에 조금도 못지않게 장미꽃잎 같은 피부에 찹쌀가루 위에 굴려 놓은 경단처럼 뽀얗고 매끄러운 안색과 버들가지처럼 가냘프면서도 콜라병처럼 요철이 뚜렷한 몸매의 소유자였다는 사실은 백 퍼센트 모른 체하며 오로지 필사적으로 그들의 사랑이 아름답게 결실을 맺은 모든 원인과 공로를 죄다 펜팔 덕분으로만 돌리고 있었던 것이다.

우리가 지금까지 연인이 없었던 까닭은 펜팔을 안 해서 그렇다!

옳소!

그렇고말고!

그렇다고 해서 그런 오판을 한 사람이 수미뿐인 것은 아니었다. 펜팔 덕분에 선남선녀의 기적 같은 결합이 이루어졌다는 소식이 동네에 퍼지자마자 즉시 각 반에서 두 다스가 넘는 여학생들이 자신의 선녀적 자질 여부는 고려하지 않고 규격봉투와 백칠십 원짜리 우표가 옥 같은 선남들을 데려다주길 기대하면서 펜팔을 시작했는데 대부분 처참한 실패로 끝나고 말았다.

수미의 언니의 친구의 친구처럼, 고급 치즈나 와인을 발효시키듯 이 년이나 애정을 묵혀 가며 키울 각오는 안 되어 있었던 주제에 다들 달을 깎아 놓은 듯한 미남을 향한 욕심은 터질 듯했기 때문에 이 년은커녕 한 달만 지나면 편지 봉투를 서랍 속에 내팽개치고 롯데리아 따위에서 두근거리는 만남을 가졌지만 남은 것은 뻥 터진 풍선 같은 실망뿐, 세계사 시간에 배운 프랜시스 드레이크에게 박살 난 스페인 무적함대 대원들처럼 참패 후 땅이 꺼져라 한숨을 내쉬며 풀이 죽어 하나하나 전장에서 돌아왔던 것이다.

그리하여 모든 펜팔은 중지되고 선남을 차지하는 것은 역시 선녀라는 씁쓸한 삶의 진실에 패하고 포로로 붙잡힌 무적함대 대원처럼 모두들 두 손 들고 항복하고 말았지만, 그녀들이 펜팔을 시작하고 또 실패하는 동안 삼립크림빵을 먹으며 묵묵히 그 흥망성쇠를 지켜본 수미는 나름대로 전략을 세워 드디어 칼을, 아니 펜을, 아까워서 잘 쓰지도 못하고 필통 속 가장 좋은 자리에 모셔 놓았던 0.3밀리 파일롯 니들펜을 뽑아 들었던 것이다.

수미 생각에 이 동네 여고생들이 단체로 실패한 까닭은 연인 후보를 『보물섬』이니 하는 애들 보는 만화 잡지 아니면 제대하고서도 할 일 없이 만화방을 헤매고 조카 용돈을 삥이나 뜯는 수미의 삼촌 같은 백수들이 보는 『TV가이드』니 『주니어』니 『하이틴』이니 하는, 여성 독자가 압도적으로 많은 연예 잡지에서 사랑을 찾았기 때문이었다. 독자 성비의 불균형만큼이나 옥으로 깎은 미남이 존재할 가능성도 희박할 것이고, 게다가 옥으로 깎은 미남이 『보물섬』에 실린 「아기공룡 둘리」를 보면서 킥킥대는 광경이 존재하지 말라는 법은 없지만 옥으로 깎은 미남이 그러고 있는 현장을 발견하게 된다면 아무리 천연옥 백 퍼센트의 미남이라 해도 그 매력은 현저히 감소할 것이다.

수미는 『주니어』나 『하이틴』에 자주 등장하는 이상아나 김혜수 같은 스타들이 과연 아름답다고 생각하긴 했지만 주위 남자애들 모두 헤벌레 넋을 잃은 얼굴로 잡지에 빠져 있는 모습이 보기 좋다고는 생각하지 않았다. 게다가 하수빈 게이설이니 그에 따른 군 입대설이니 하는 거나 진지하게 파고드는 저런 잡지에서 뭐 선한 것이 나겠느냔 말이다. 그래서 주도면밀한 고민 끝에 고른 것이 『스크린』이었다. 평소 약간 가슴을 콩닥거리며 지켜보아 왔던 명문 대학 의대에 재학 중인 형철이 다달이 사는 잡지라는 것도 선택에 큰 몫을 했다. 가끔 홍콩 배우들을 둘러싼 루머가 실리긴 했지만, 수미 생각에 하수빈 게이설보다는 주윤발과 영화감독의 불화설이 훨씬 품위 있는 것 같았다. 8 대 2 정도의 비율로 아름다운 서양의 미녀들과 미남들이 사이다처럼 톡톡 기포가 터질 듯한 미소로 표지를 장식했는데, 미녀들의 가슴은 그 미소의 기포 못지않게 부풀어 금방이라도 옷의 단추가 툭, 툭, 하고 터져 표지 밖으로 튀어나올 것 같았다.

그렇지만 지적이면서도 약간 허무한 매력이 있는 형철을 그 잡지의 대표 독자 기준으로 삼을 수 있다면 그 잡지의 독자들은 단순히 그 기포 같은 미소나 터질 듯한 젖가슴을 보기 위해 그 잡지를 사들이는 것은 아닌 듯했다. 수미네 ampm에서 『스크린』을 사고 다급히 비닐을 뜯는 형철은 언제나 무심하게 컬러 페이지의 여배우들을 그대로 지나쳐 지루해 보이는 단색 페이지로 질주해 "아아, 카메라 베리테……. 이 기사 참 좋은걸. 역시 장 뤼크 고다르야말로 최고야. 으음, 시민 케인……." 하고 뇌까리며 편의점을 나서곤 했던 것이다. 그가 그렇게 『스크린』을 살 때마다 수미의 언니 혜정이 카운터에 있었던 건 아마 그냥 우연이었을 것이다.

처음에는 형철의 진위를 조금 의심하기도 했지만 그 카메라 베리텐지 뭔지 하는 기사에 푹 빠져 컵라면용 순간온수기에 형철이 크게 화상을 입을 뻔한 사건이 있은 뒤 예술을 향한 형철의 지적인 열정을 의심하는 불경스러운 짓은 하지 않기로 했다. 물론 뜨거운 물이 온통 몸과 옷에 묻은 형철을 수건을 가져다 정성스레 닦아 준 것도 혜정이었지만 그녀가 그 자리에 있었던 것도 그냥 우연이었을 것이다. 뭐니 뭐니 해도 한배에서 태어난 수미보다 혜정이 조금 더 예쁜 것도 단지 우연일 뿐이고, 그것도 아주 '조금'일 뿐이니까.

수미는 아직 공부해야 하는 고등학생이고, 그건 자기 세계에서 아직 얌전히 살아야 할 번데기라는 뜻이다. 세상에 번데기가 예쁜 경우가 어디 있나? 지금은 비록 영어와 수학의 따분한 세계보다는 삼립과 샤니의 달콤한 빵을 먹어 치우는 데 더 많은 시간을 할애하고 있긴 하지만 곧 혜정처럼 대학생이 되면 고치에서 눈부신 나비가 순식간에 튀어나오듯 아름답게 변모해서 금방 뛰어넘을 수 있는 그런, 아주 '조금'인 것이다. 어쨌든 형철의 '카메라 베리테' 운운은 아주 멋져 보였다. 번쩍번쩍 빛나는 은빛 갑옷을 차려입은 형철이 긴 칼을 치켜들고 눈이 천 개 달린 괴물 앞에 당당히 서서 "카메라 베리테!" 하고 외치기만 하면 칼끝에서 오천만 와트쯤 되는, 눈이 부시다 못해 튀어나오자마자 황야를 굴러다닐 것 같은 검광이 뻗쳐 나와 괴물의 몸을 관통하고, 순식간에 치명상을 입은 괴물은 무릎을 꿇고는 "으으, 카메라 베리테라니. 거기엔 못 당하지. 분하다, 내가 졌도다!" 하고 뇌까릴 것만 같았다. 그만큼 멋있어 보였다.

그런 멋있는 사람들이 이 책을 보는 거라면, 분명히 이쪽이라면 노려 볼 만하다고 생각했다. 달과 옥을 세공해 놓은 것 같은 미남이 아니더라도 남자의 반은 지성 아닌가. 진짜다. 멍청한 남자하곤 못 논다. 가정 선생님이 그랬다. 남자는 지성이 최고라고.

가정 선생님이 연애에서 권위자인 이유를 굳이 말하자면, 가정 선생님은 가정 선생님이니까 가정에 관해서는 잘 알고 있을 테고, 연애라는 건 그냥 단순히 재밌자고 하는 게 아니라 우리 사회의 기반인 핵가족 단위, 즉 가정을 꾸리기 위한 사명을 완수하는 전 단계가 아닌가. 그러니까 연애라든가 남자와 관련해서는 가정 선생님 말이 맞는 법이다. 형철의 멋진 모습과 가정 선생님의 고견에 자극를 받은 수미는 진군을 시작했는데, 형철에게서 지난달 『스크린』을 빌려 오는 것으로 그 장엄한 서막을 올렸다. 너무 센티멘털해도 안 되고, 너무 수컷 냄새를 풍겨도 안 되고, 너무 외로워 보여도 안 되고, 심플하면서도…… 뭐랄까, 어딘가 느낌이 오는……. 어디 보자.

서울에 사는 고등학생입니다.
지적이고 진실한 대화를 나눌 수 있는 친구를 찾습니다.
김민준
강서구 등촌3동 172-31

바로 이거다! 수미는 무릎을 쳤다.

얼굴이 보이지 않으니 얼마든지 신분을 속일 수 있는데도 자칫하면 무시당할 위험을 무릅쓰고 아무렇지 않게 서울에 사는 고등학생입니다, 하고 사족 없고 꾸밈없는 이 담담한 태도야말로 진정한 남아가 지녀야 할 긍지 아닌가. 게다가 남자 친구나 여자 친구를 찾는다는 확실한 말이 없는 것으로 보아 그는 펜팔 코너에서 선녀를 찾겠다는 되도 않은 기대를 하는 타입이 아닌 터이다(아마도).

그가 원하는 건 오직 '지적이고 진실한' 대화. 그렇다면 성별이 무슨 상관이겠는가. 그러나 그도 작열하는 뜨거운 피를 가진 남고생이라면 '지적이고 진실한' 대화라도 여고생과 나누는 편이 좋지 않을까? 그리고 그 여고생의 체중도 별로 문제 되지 않을 것이다. 나도 진실한 대화는 언제든 준비되어 있는 사람이고, 지적인 거 그게 뭐 어렵나, 지금부터 언니 방에서 『대지』 꺼내다 읽지, 뭐. 시드니 셸던 작품 같은 거 말고.

수미는 그 짧은 문구를 찬찬히 되읽으며 다시 한 번 감탄했다. 그렇다, 무릇 대화라면 지적인 대화를 나누어야 비로소 생각하는 인간, 호모 사피엔스의 면모를 갖추었다 할 수 있을 것이요, 그렇다고 지적이기만 해서는 울리는 꽹과리에 지나지 않으리라. 그러니 사람이라면 지적인 동시에 정녕 진실해야 하는 법. 그러므로 일면식도 없는 두 사람 사이에 필담으로 오갈 대화에는 모름지기 지성과 진실함이라는 두 가지가 튼튼한 두 다리처럼 굳건히 대화를 떠받쳐 주어야 하지 않겠는가. 거기에다 뜨거운 사랑이라는 또 다른 한 다리가 포개져 더욱 견고한 삼각대가 된다면 그건 말할 수 없이 기쁜 일이겠지만 내가 바라는 건 오직 대화일 뿐 그건 부차적인 일이야. 암, 부차적인 일이고말고……, 하고 중얼거리며 수미는 꽃이 그려진 편지 봉투의 겉봉에 그 이름과 주소를 옮겨 적고 몰티즈 새끼 세 마리가 그려진 연습장에 글씨의 워밍업을 시작했던 것이다.

안녕하세요. 저는 랭보와 프레베르를 좋아하는 열일곱 살의 여고생이랍니다…….

지적이고 진실한 대화 상대를 찾는다는 그 간결한 문구가 언니의 친구의 친구의 남편이 어느 잡지에 보냈던 문구와 매우, 꽤나 흡사하다는 점에서 절대로 영향을 받지 않았노라고 스스로에게 계속 다짐하며 연습장을 채워 보는 수미는 책상 옆에 가지런히 놔둔 꽃무늬 편지지를 보며 그래도 내심 저 편지지가 옥 같은 미남의 옥 같은 손가락에 가닿길 바랐다. 몰티즈 연습장에 워밍업한 내용을 꽃무늬 편지지에 옮겨 적고, 그 편지지를 은미가 가르쳐 준 대로 셔츠 모양으로 귀엽게 접어 꽃무늬 편지 봉투에 넣고 딱풀로 봉하면서, 수미는 이 겉봉을 뜯을 손가락의 주인공을 하염없이 상상했다.

아, 잘생겼으면 좋겠다.

병선

별 기대 없이 우편함을 뒤적거리던 병선의 손끝에 드디어 뭐가 걸렸다. 벌써 이 주일째 실망하던 중이었다. 몇 번이나 다시 본 〈영웅본색〉을 VCR로 돌려 보며 사나이는 일희일비하지 않는 법, 이라고 마음을 다스리고 있었다. 그렇지만 펜팔 친구를 구하는 코너에 병선의, 아니 민준의 이름과 사연이 실린 뒤로 보름 가까운 시간이 지난 참이었다.

순진 또는 멍청하게도 일단 실리기만 하면 전국에서 여학생들의 편지가 우편함을 꽉 메우지 않을까 걱정되어 수시로 우편함을 살펴보고, 혹시 식구들이 이상하게 여기면 적당히 둘러댈 구실까지 다 생각해 두었는데 이건 원 참, 우편함은 고지서와 광고지만 끊임없이 뱉어 냈다. 솔직하게 고등학생이라고 쓴 게 잘못이었나? 그런 잡지는 아무래도 대학생들이 보는 걸까? 여고생도 남자 대학생과 편지 주고받는 걸 좋아하려나? 남자 고등학생은 코찔찔이 꼬마로 보일까? 하긴 내가 여고생이라도 같은 우표 값을 쓰고는 남자 대학생과 이야기하고 싶을 것 같다. 여대생은 말할 것도 없고…….

지적이고 진실한 대화를 하고 싶다고 머리를 굴리고 또 굴려 생각해 낸 품위 있는 멘트를 펜팔 코너에 보낸 것이 이제는 얼굴이 화끈거릴 지경이었다. 게다가 이름이 '민준'은 또 뭐란 말인가. 전국을 돌아다니며 그의 사연이 실린 잡지를 모조리 회수하고 싶은 심정이었다. 학교 가는 길에 한 번, 돌아오는 길에 한 번, 자기 전에 한 번, 우편함에 아무리 깊이 손을 넣어 보아도 중지 끝에 묻어나는 건 언제나 먼지뿐이라 무안했던 그는 이제 울적하기까지 했다.

마음속으로 거의 포기하고 힘없이 우편함에 손을 넣어 본 어느 날, 먼지 대신 작은 종이봉투가 사각거리는 게 느껴졌다. 홍보물이나 고지서 따위가 든 봉투가 아니라 손으로 직접 접어 넣은 종이로 부풀려진 봉투라는 것이 바로 느껴졌다. 기계로 누른 공공기관의 봉투와는 감촉이 전혀 달랐다. 그런 봉투라면 지난 보름 동안 질리도록 만져 봤다. 쇠로 된 녹슨 우편함이 하도 더듬어 말끔해질 정도로.

너무 급하게 꺼내느라 우편함 주둥이에 손을 끼어 아악, 하고 짧게 비명을 질렀지만 상관할 바 아니었다. 귀중한 편지 봉투가 상할라 살살 꺼냈다.

나에게 온 편지일 거야. 누군가 응답을 해 온 거야.

운명은 가끔 예지력을 허락하는지, 그의 예감대로 꽃무늬 편지 봉투에는 꾹꾹 눌러 쓴 글씨로 그의 이름이 선명하게 박혀 있었다. '김 민 준 두 손 에……' '집배원 아저씨 감사합니다.' 누군지 그녀의 바람대로, 이 깜찍한 편지 봉투는 과연 그의 두 손에 드디어 와 닿은 것이었다. 하아~ 호이호~ 히이히이~! 하고 영문 모를 환호성을 지르며 편지를 끌어안고서 빙글빙글빙글 몇 바퀴나 돌다가 다리가 엇갈려 그만 바닥에 자빠지고 말았지만, 병선은 아픈 줄도 모른 채 벙글벙글 웃었다.

편지를 들고 방으로 뛰어 들어가던 병선은 신발을 벗고 잠시 멈칫했다.

김민준? 아, 맞다! 내가 김민준이지.

그나저나 봉투의 동글동글한 글씨는 분명 여학생의 글씨체였는데, 정말 여학생이 맞을까? 겉봉을 뜯고 그는 편지의 발신자가 역시 여학생이 맞았음을 알았다. 남고생만이 알 수 있는, 여학생만의 향취가 그 편지에서 희미하게 피어올랐던 것이다. 쥬시후레쉬만큼이나 상쾌하고, 후레쉬민트만큼이나 톡 쏘고, 스피아민트처럼 신비하면서도 아카시아껌처럼 향기로우며 커피껌처럼 달콤한 그 무엇. 세상에 오직 남고생만이 알 수 있는 여고생의 향취였다.

졸업해서 사회인이나 대학생이 되어 남고생의 신분을 잃으면 그 레이더가 하얗게 타 버려서 절대 알 수 없다. 그들은 여드름, 무일푼, 두발 제한, 애새끼라고 받는 개무시, 이런 것들로 고초를 겪는 대신에 이 지구상에서 오직 남고생이라는 종족에게만 허락되는 레이더로 여고생의 향취를 기가 막히게 알아내는 것이다.

그 본능으로 살며시 겉봉을 뜯자 과연 안의 내용은 열일곱 살의 여고생이 0.3밀리 파일롯 니들펜으로 정성스레 꾹꾹 눌러 쓴 귀여운 글씨였다. 게다가 그녀는 초희라는, 정말이지 더할 나위 없이 여성스러운 이름이다! 당장 그녀를 나의 희야라고 불러 주겠어! 그뿐 아니라 랭보와 프레베르를 좋아하기까지!

잠깐! 랭보는 알겠는데 프레베르가 뭐지? 병선은 열심히 생각했다. 프레베르? 프레베르? 무슨 과자 이름인가? 골머리를 썩던 병선은 다음다음 줄과 그다음 다음다음 줄에서 열쇠를 발견했는데, 그건 초희가 가끔 커피와 과자와 독서를 같이 즐긴다는 것이고 최근에 읽은 책이 마르셀 프루스트라는 거였다.

프루스트! 그렇다, 독자여. 커피와 과자와 독서를 즐기는 여고생이라면 마땅히 마르셀 프루스트, 프루스트 하면 『잃어버린 시간을 찾아서』, 『잃어버린 시간을 찾아서』라면…… 마들렌, 마들렌 하면 과자, 과자 아닌가. 그러니까 마들렌이다. 그렇다면 나도 프레베르에 대해 뭔가 멋있는 이야길 해 줘야겠군.

병선은 서둘러 책상 서랍 안에 처박아 두었던 편지지를 찾았다. 희망의 구십오 퍼센트 정도를 폐기했고, 이제 이틀만 더 기다렸다가 그래도 아무 우편물이 안 온다면 남아 있는 희망을 아무도 모르게 신문지 같은 것에 싸서 가까운 산이나 들에 파묻어 버릴 작정이었다. 그러나 이 편지 봉투 하나로 병선의 희망은 생매장당할 위험을 벗어나 활어처럼 펄펄 뛰며 싱싱하게 되살아났다.

그 희망에 동반 승차를 한 허세가 슬그머니 고개를 들었는데, 사실 병선이 아직 남성으로서 그렇게 경쟁력 있는 개체라고 말하긴 어려웠지만 어린 수탉도 암탉이 보는 앞에서는 은근히 가슴의 깃털을 부풀리고 부리를 높이 든 채 위세 좋게 걸어 다니기 마련이다. 도태당하지 않으려 하는 모든 동물의 약간은 서글픈 공식. 병선도 그런 수컷 중 하나였을 뿐이다.

당장 펜을 뽑아 든 병선은 너무 딱딱해 보이지도, 너무 알록달록 유치하지도 않도록 신중하게 고른 편지지에 정성껏 한 글자 한 글자씩 써 내려갔다. 앞으로 그렇게 될 사실을 미리 당겨 이야기하는 것도 거짓말일까? 병선은 이렇게 써도

될지 한참이나 고민했지만 앞으로 일어날 일을 조금만 당겨서 이야기하는 것은 거짓말이 아니라는 결론에 도달했다. 아직 서로 만나기도 전에, 성장기의 한가운데에 있는 병선이 어떻게 변해 갈지 누가 안단 말인가. 그러므로 병선은 결코 거짓말쟁이가 아닌 예언자의 태도로, 신중하게 글을 썼다.(물론 독자들은 괄호 안에 적힌 속마음도 알게 될 테지만.)

안녕하신가요.

제 이름은 김민준입니다.

(속마음: 저는 병선이에요. 미안해요. '빛날 병'에 '먼저 선'을 써요. 먼저 빛나라고. 아직은 영…….)

고교 2학년이며, 키는 178센티미터랍니다.

(속마음: 엄마가 반년 정도만 지나면 그 키가 될 거라고 말했어요. 무슨 보약을 한 제 먹었거든요. 그걸 먹은 사촌 형들이 다 그 정도로 컸다네요. 거 왜, 엄마들은 언제나 옳지 않습니까.)

학교에서는 축구를 열심히 하고 있어요.

(속마음: 저는 공놀이라면 매우, 매우, 매우 싫어해요. 축구나 농구라면 성장판이 열리는 데 도움이 된다고 해서 되도록이면 끼고 싶은데 싫은 이유는, 간단하죠. 야구를 하면 언제나 빈볼에 정통으로 얻어맞고 축구를 하면 저도 모르게 핸들링을 하고 있고 농구를 하면 워킹 바이얼레이션을 하지 않는 때가 없어요. 애들이 화를 내니까 긴장해서 더 그런 것 같아요. 철

봉에 거꾸로 매달리기를 하면 성장판이 활짝 열린다고 해서 체육 시간 같은 때 중간 높이의 철봉에 거꾸로 매달려서 뒤집혀 보이는 교정을 바라보곤 해요. 그러다가 힘이 빠져 떨어지거나 짓궂은 녀석들의 장난으로 모래밭에 툭 떨어져서 입에 모래가 잔뜩 들어갈 때가 한두 번이 아니지만, 앞으로는 20분씩 일찍 등교해 거꾸로 매달려 볼까 해요. 그땐 아마 당신 생각을 할 것 같아요. 얼굴에 피가 시뻘겋게 몰려도 꼭 당신 생각을 하며 견뎌 볼게요.)

가장 좋아하는 과목은 수학이라 수학 선생님께는 각별한 사랑을 받고 있어요. 초희 씨는 아직 1학년이죠? 아, 인수 분해를 철저히 공부해 두세요.

(속마음: 사랑의 매에 정말로 사랑이 담겨 있다면 제가 정말 사랑을 많이 받고 있긴 해요. 아무리 이과라 해도, 사실 아직 미분과 적분을 이해하지 못하고 있어요.)

워낙 이렇게 여러 분야에서 두각을 나타내다 보니 간혹 사람들이 천재니 수재니 말을 하지만, 그런 말에 지나치게 휩쓸리거나 하지 않고 저 자신을 잃지 않으려 노력하고 있답니다.

(속마음: 눈에 띄지 않는 것이 천재성의 현현이라면 아마 저는 IQ 200급의 천재일 거예요. 하지만 지금까지는 그렇게 뭐가 되려고 노력해 본 적이 없는 것 같아요, 아니, 같은 게 아니고 없어요. 제가 너무 김칫국을 들이켜는지 모르겠지만, 이 말들을 전부 진실로 만들어 볼 거예요. 천재니 수재니 하는 건 사실 좀 어려울 수도 있겠지만…….)

당신은 어떤 사람인지 알고 싶어요.

(속마음: 꼭 그렇기를 바라는 것은 아니에요. 사진을 보내 달라면 무례하겠지만, 초희 씨는…… 예쁜 분인가요?)

열여덟 살의 비밀은 스물여덟 살이나 서른여덟 살의 비밀보다 몇 곱절, 아니 몇 제곱은 소중했다. 그래서 그는 열여덟 살이 자기 비밀을 지키기 위해 동원할 만한 모든 방법을 다 동원해서 비밀을 사수하고자 노력했다. 가족 중 누가 별안간 방에 들어올까 봐 손바닥만 한 뒤뜰에서 초등학생인 동생의 화판을 가져다 무릎에 얹어 놓고 편지지에 꾹꾹 눌러썼다. 새해 첫날 조상의 지관을 쓰는 종가의 장엄한 당주보다도, 첫 무도회에 입고 나갈 드레스 소매에 장미꽃무늬 수를 놓는 순진한 어린 처녀보다도, 첫아기가 신을 하얀 양말을 나긋나긋한 손놀림으로 짜는 어린 엄마보다도 정성으로 따지면 결코 뒤지지 않을 모습이었다.

그도 그럴 것이, 한 치라도 들킬세라 헐겁던 집 벽돌담의 벽돌을 하나 빼어 곱게 접은 편지를 넣어 두었다가, 가로등이 깨어나 밤을 지키고 모두들 깊은 잠에 빠진 뒤에야 살며시 일어나 벽돌 틈에서 얌전히 자고 있던 편지를 봉투에 넣어 살그머니 달려 나갔으니, 그가 우체통에 닿기까지 들인 시간과 마음을 합산하면 인류와 우편 시스템이 생긴 이래 이처럼 소중하게 다뤄진 우편물은 손에 꼽을 만큼 드물 것이 틀림없었다.

그 모든 신중한 인고의 과정을 거쳐 병선은 대문에서 삼 미터 거리에 있는 우체통에 덩크슛을 하듯 편지를 집어넣었다. 물론 조금 더 값이 비싼 빠른우편. 드디어 소명을 완수하고 마음이 편해진 병선은 노래를 흥얼거렸다. "덩크슛~ 한번 할 수 있다면~" 이승환의 노래를 중얼중얼 부르면서 짝짝이 슬리퍼를 끌고 집으로 돌아오는 내내 변함없이 자애로운 가로등은 그의 작은 등에 은은한 빛을 비추었으며, 내일이면 언제나처럼 근면한 집배원이 붉은 벽돌 부스러기가 조금 묻은 그의 편지를 그녀에게 데려다줄 터였다.

푸, 파, 푸, 파, 하고 평소보다 세 배 정도의 정성을 들여 세수하고 거울을 들여다보며 병선은 여드름이 없는 건 다행이라고 작은 일에 아주 흡족하게 생각하는 태도를 보였고, 두근거리는 가슴을 손바닥으로 꾹꾹 누르다 겨우 잠들자 아름다운 여고생과 프레베르 이야기를 하며 커피와 과자를 즐기는 꿈을 꾸었다.

행복한 꿈이었다.

독자여, 저 둘이 잠든 사이 잠시 머리가 아프더라도
평범해 보이는 이 펜팔 커플이 실은 얼마나 운명적인 만남으로
이루어졌는지
함께 감동해 보지 않겠는가!

국가 통계 포털 KOSIS의 자료에 따르면

- 1995년 기준 15세~19세 인구 = 380만 명
- 1995년 기준 15세~19세 인구 중 펜팔 인구 비율
  = 약 30퍼센트, 즉 약 114만 명

- 전체 펜팔 인구 약 114만 명 중에서 특정한 2인이 서로 상대가
  될 확률

$$= \frac{1}{\text{약 114만 명 중에서 2명을 순서와 상관없이 뽑는 모든 경우}}$$

$$\fallingdotseq \frac{1}{{}_{1,140,000}C_2}$$

$$= \frac{2!}{{}_{1,140,000}P_2}$$

$$= \frac{2}{1,140,000 \times (1,140,000-1)}$$

$$\fallingdotseq \frac{1}{649,800,000,000}$$

이 계산에는 우리가 고등학교 '확률과 통계' 과목에서 배운 순열과 조합을 이용했다.
학교에서 배우는 수학 따위 도대체 어디에 써먹느냐는 회의가 생길 때 부디 이 소설을 기억해 주길 바란다.

순열의 이해

5명의 청소년 중에서 편지를 먼저 보낼 사람 1명, 받을 사람 1명을 뽑는 경우의 수를 생각해 보자. 편지를 보낼 사람은 5명 중 누구라도 될 수 있으니 5가지 경우가 있다.
그 5가지 각각의 경우에 대해서, 받을 사람 후보자는 4명 중 누구라도 될 수 있다.
그러므로 5명 중에 편지를 보낼 사람, 받을 사람을 지정하여 뽑는 경우의 수는 모두
$5\times4=20$가지이다.

[순열의 정의에 넣어 보기]

• 서로 다른 5명 중에서 2명을 택하는 순열의 수

$${}_5P_2=\frac{5!}{(5-2)!}=\frac{5\times4\times3\times2\times1}{3\times2\times1}=5\times4=20$$

조합의 이해

이번에는 5명의 청소년 중에서 서로의 펜팔 짝이 될 2명(누가 먼저 보내든 상관없음)을 한꺼번에 뽑는 경우를 생각해 보자. 위의 20가지 중에는 병선과 수미가 뽑히더라도 편지를 병선이 먼저 보내는 경우, 수미가 먼저 보내는 경우가 따로 들어갔지만, 지금은 두 경우가 구분이 없어진다. 그러므로 총 가짓수는 $\frac{20}{2}=10$가지가 된다.

[조합의 정의에 넣어 보기]

• 서로 다른 5명 중에서 2명을 택하는 조합의 수는

$$ {}_5C_2=\frac{{}_5P_2}{2!}=\frac{5!}{2!(5-2)!}=\frac{5\times4\times3\times2\times1}{(2\times1)\times(3\times2\times1)}=10 $$

이토록 복잡한 과정을 뚫고 서로의 편지가 오갔다는 것을 생생히 알 수 있다. 병선과 수미뿐 아니라 우리도 수의 신이 던진 주사위에 의해 부모 형제 등 주변의 인간과 시공간을 공유한다는 사실을 떠올리면 약간 끔찍한 기분이 들긴 하지만 어쨌든 병선과 수미의 운명은 남다른 구석이 있으며, 학교에서 수학 배워 어디다 써먹느냐는 질문에 또다시 소박한 대답이 될 수 있겠다.

수미

생각보다 답장이 일찍 왔다. 펜팔 친구를 찾는다는 광고를 낸 사람은 하나지만 광고를 보는 사람은 여럿일 터라 답장이 올 때까지 기다릴 시간을 고무줄처럼 한껏 늘려 놓았는데 그 기대치보다 훨씬 일찍 온 덕분에, 수미는 하마터면 냠냠 씹고 있던 샤니 땅콩샌드를 꿀꺽 삼킬 뻔했다.

목구멍으로 넘어가려는 땅콩샌드를 혼신의 힘을 다해 저지한 수미는 편지를 가지고 교정의 스탠드로 향했다. 친구들이 의심하지 않게끔 편지 봉투를 연습장 사이에 꼭꼭 감추고 오늘 가져온 빵의 5분의 4를 오늘은 어쩐지 입 안이 깔깔하다며 나눠 주었다. 친구들은 꾹꾹, 하며 우는 비둘기 떼처럼 신나게 달려들어 빵 봉지를 나눠 가졌고, 그사이에 수미는 안전한 스탠드 구석에 도달할 수 있었다.

이상하게 달달 떨리는 손가락으로 살며시 편지지를 펼치자, 병선의 집 벽돌담의 붉은 부스러기가 고운 먼지처럼 떨어져 수미의 실내화 위에 살포시 내려앉았다. 붉은 벽돌 먼지를 발등 위에 얹은 채 편지를 읽어 내려간 그녀는 생선을 한 마리 다 먹어 치운 고양이처럼 만족한 한숨을 내쉬었다.

로미오와 줄리엣은 겨우 열네 살과 열다섯 살이었다고 영어 선생님이 말했는데, 이제 열여덟 살과 열일곱 살인 소년 소녀에게도 순서가 돌아온 것일까? 물론 베로나 어귀의 약사를 찾아가 이상한 약을 구할 일은 없을 것이다. 편지로 사람이 사랑에 빠질 수 있다면, 우리는 얼마나 지나서 연인이 될 수 있을까? 물론 아직 서로를 더 알아봐야겠지만 또래 남고생들처럼 괜히 빼기거나 잘난 척하지 않고 차분한 편지의 태도가 마음에 쏙 들었다. 세상은 사랑으로 가득 차 있지만 도무지 나에게는 차례가 오지 않는다고 여겼더니 극장이나 지하철 개찰구 앞에 늘어선 줄이 어느덧 눈 깜짝할 새 줄어 버리듯 정말로 사랑은 도둑처럼 오는 것이구나.

게다가 멋지기까지 하지 않은가! 나는 수학을 잘 못하는데 거기에 능하다니. 일 학년 때 인수 분해를 철저히 해 두라는 충고까지 해 주었으니 명심해야겠다. 이런 남학생에게 어울리는 여학생이 되어야 할 것 아닌가. 키는 백팔십에 가깝고 축구와 농구에 능숙하다니 분명 체격도 좋을 것이다. 쉬는 시간이나 체육 시간에 공을 자기 몸의 일부처럼 다루고 상아로 빚은 듯한 이마에서 구슬땀을 흘리는 모습이 눈에 보이는 듯했다.

이런 남자 친구가 생긴다면 과연 친구들은 나를 얼마나 부러워할까? 또 한 커플, 우편으로 맺어진 선남선녀가 탄생한다면 온 동네에 다시 한 번 펜팔의 광풍이 몰아칠 것이 틀림없었다. 그는 언제 만나자고 할까? 여자니까 분명히 세 번 정도는 튕겨야겠지. 수미 생각은 아니고, 언니 혜정이가 친구와 통화하면서 뭔가 이성 관계의 고민을 상담해 오는 친구에게 "야, 이 계집애야. 최소 세 번은 튕기는 게 기본이야. 알겠어?" 하고 톡 쏘듯 말하는 소리를 엿들은 적이 있어서였다. 혜정의 호출기는 끊임없이 울렸고 집 전화로도 혜정을 찾는 전화가 자주 올 정도였으니, 언니의 지식에는 어느 정도 신빙성이 있을 거라고 수미는 생각했다.

집에 놀러 온 언니의 친구들도 언제나 그렇게 말하곤 했다. 남자들은 세 번까지 거절하는 것은 수줍은 소녀의 마땅한 예의라고 생각하지만 세 번 넘게 거절하면 정말로 마음이 없는 줄 알고 단념해 버린다나. 그렇지만 단번에 승낙하는 것도 좋지 않다. 그랬다간 남자 경험이 아주 많은 여자이거나 그 남자를 너무 좋아해서 몸이 달아 있는 걸로 보이니까 우위를 차지할 수가 없다는 것이다. 그래서 세 번까지는 거절하는 게 좋다. 더군다나 편지로 가까워지려면 아무래도 시간이 좀 걸릴 텐데, 그 시간과 세 번의 거절 시간은 얼마나 걸릴까? 수미는 머릿속으로 시간을 대강 계산해 보았다. 시간, 시간이 필요했다. 자신을 지금보다 좀 예쁜 상태로 만들 시간.

충분히 시간이 있으니, 그리 어려운 일이 아닐 터이다. 그러므로 달콤한 빵과는 조금 천천히 이별해도 될 것이다, 라고 결론짓고 만족한 수미는 곧 답장을 쓰기 시작했다. 너무 일찍 답장을 쓰나? 아니, 써 놓고서 사나흘 있다가 보내면 되지. 상대방이 자기가 누구인지 알려 줬으니 이쪽에서도 내가 누구인지 알려 주는 게 예의일 것이다.

아, 왜 아빠는 언니에게만 삐삐를 사 주고 나에게는 안 사 주는지 정말 너무 고루해. 그가 이유를 물어보면 엄격한 집안의 여식이어서 없다고 해야지. 아뿔싸, 아침 자습이 끝나고 1교시를 알리는 종소리가 들려와서 수미는 멈칫했지만 이내 아랑곳 않고 계속 편지를 써 내려갔다. 1교시부터 집중한 날도 없었으니, 생리통이 심해서 양호실에 약 받으러 갔다고 하자.

다시 한 번 병선의 편지를 읽은 그녀는 살짝 미소를 띠었다. 이것 봐, 벌써 만나자고 하는군. 맨 마지막 구절이었다.

저도 프레베르를 좋아합니다. 뜨거운 차와 잘 어울리죠.
언제 만나서 뜨거운 차와 프레베르를 함께 할 수 있으면 좋겠군요.

이게 만나자는 뜻이 아니면 뭐란 말인가. 마음이 통한다면, 분명히 만나게 되겠지.

병선이 마르셀 프루스트를 주워섬기다가 그렇게 끝을 맺은 바람에, 수미도 프레베르가 과자의 일종이라고 굳게 믿어 버렸다. 그 뒤로 수미는 프레베르에 대한 인식을 바꿀 기회가 없었지만 프레베르가 음식이든 음료든 시인이든 뭐가 어쨌단 말인가?

운동장이 내려다보이는 창가 자리에 앉아 멍하니 얼굴 모르는 오빠에 대한 몽상에 잠겨 있는 시간은 몹시도 아름다웠다. 사실 상상보다는 망상에 가까웠지만 열일곱 살의 소녀가 꾸는 꿈을 죄다 망상, 땅땅땅 하고 엄격하게 군다면 이 세상 모든 사람들이 한 번쯤은 꾸어 보는 백일몽도 모두 엄격하게 다루어져야 할 것이다.

수미는 뺨을 발갛게 물들이며 부지런히 상상의 나래를 펼쳤다. 배를 꺼뜨린다며 평소 말뚝박기도 서슴지 않던 수미가 가만히 있는 모습을 보고 친구들은 여느 때처럼 점심을 배터지게 먹고 식곤증 때문에 노곤해져 있나 보다 여겼고, 그래도 웬일로 앉아 있냐, 괜찮냐고 묻는 친구에게 수미는 속이 좀 안 좋다고 대꾸했다. 발갛게 달아오른 얼굴의 기운은 여드름의 붉은 기 때문에 아무도 눈치채지 못했으므로 수미는 날개 달린 듯 자유롭게 상상의 세계에서 노닐 수 있었다.

그는 벌써부터 나를 좋아하는지도 몰라, 운명이라는 게 정말 있는지도 몰라, 소울메이트라는 게 정말로 있는지도 몰라, 진정한 사랑은 평생 한 번만 찾아오는 건지도 몰라.(수미는 우리가 계산한 확률을 모르지만, 관심 있는 독자는 다시 한 번 확률과 순열 조합을 참고하시라.) 백팔십 센티미터에 가까운 키에 축구와 수학에 능한 지적이고 쾌활한 소년이 만나서 프레베르를 함께 하자고 권하는 상상은 혈당치가 순식간에 올라갈 만큼 달콤하기 그지없었다.

그 상상 속에서, 이 세상 그 무엇과도 바꿀 수 없는, 입천장이 데일 것 같은 핫초코처럼 뜨겁고 진하고 달콤한 사랑에 빠진 두 사람은 드디어 만난다. 그곳은 비밀의 화원에라도 나올 듯한 에메랄드빛 초록의 풀밭이고, 헤아릴 수 없을 만큼 많은 꽃이 미인 대회에라도 출전한 것처럼 저마다 아름다움을 겨루고 있다.

하지만 그 어떤 꽃보다도 아름다운 것은 바로 수미다. 봉긋한 퍼프소매가 달린 고전적인 드레스를 입은 수미는 풀밭에 펼쳐진 체크무늬 피크닉 매트 위에 그림같이 앉아 있다. 그 매트는 백팔십 센티미터에 달하는 건장한, 수학과 모든 공놀이에 능한 그가, 수미가 앉도록 섬세하고 아름다운 손으로 바닥에 깔아 준 것이다.

수미는 감사의 뜻으로 방긋 웃어 보이고 왕골로 짠 피크닉 바구니의 뚜껑을 연다. 크게 자란 삼나무가 쾌적한 그늘을 만들고, 그 삼나무처럼 사랑스러운 두 사람의 소풍을 축복하듯 들판의 모든 꽃향기가 풍겨 온다. 바구니 안에는 버터와 잼을 바른 샌드위치, 물론 두 손으로 와구와구 먹어야 하는 그런 것이 아니라 우아하게 집어 먹을 수 있는 크기의 핑거 샌드위치가 들어 있다. 그리고 한쪽 면에 버터를 살짝 펴 바르고 투명할 정도로 얇게 썬 오이를 끼운 영국식 샌드위치도 집어 먹기 딱 좋은 크기로 얌전하게 들어 있다. 둘은 나란히 앉고, 그는 사내다운 먹성으로 샌드위치를 맛있게 먹으면서 이런 단순한 요리에서도 맛과 우아함이라는 두 마리 토끼를 잡은 그녀를 찬탄의 눈으로 바라보고, 그녀는 숙녀답게 그 눈길을 살며시 피하며 오이 샌드위치를 새침하게 사각거릴 것이다.

그녀의 솜씨에 감탄한 나머지 샌드위치를 너무 맛있게 먹다가 혹시 그가 목이 콱 막히면 보온병에 준비해 온 밀크 티를 입구가 넓은 찻잔에 따라 그에게 건네주고 그녀 역시 우아하게 마실 것이다. 두 사람은 그윽한 미소를 교환하며 점심을 먹고, 물론 그녀는 배가 너무 부르다며 샌드위치를 조금 남겨

야만 한다. 디저트로는 뜨거운 밀크 티를 한 잔 더, 거기에 따끈따끈한 프레베르를 곁들인다.

그리고 잠시 이 근처를 거닐자며 그가 권하면, 두 사람은 일어나 천천히 산책을 한다. 싱그러운 풀 향기가 그들의 젊음만큼이나 신선하게 코에 착착 감겨 온다. 맞닿은 손을 누가 먼저랄 것 없이 잡은 그들 사이에 왠지 긴장감이 감돌고, 어색한 분위기를 떨쳐 버리려 둘은 장난스럽게 술래잡기를 하는데, 여자이며 연약하고 가는 발목에 힐을 신은 그녀는 구조적으로 잘 달릴 수가 없어 금세 까르르 웃으며 풀밭에 넘어지고 만다. 물론 어머니 대자연의 은혜로 들판은 온통 만개한 꽃과 푹신한 풀로 두툼한 매트리스 같은 카펫이 되어 있기 때문에 그녀가 털끝 하나 다칠 일은 없다.

다만 그녀는 바싹 뒤쫓아 오던 그에게 붙잡혀 까르르, 하고 옥구슬 구르는 듯한 웃음을 터뜨리고, 잠시 후 그의 탄력적이면서도 따뜻한 입술이 그녀의 보드라운 입술을 덮고, 길고 달콤한 첫 키스가 끝나면 혹시 더 이상을 원하는 게 아닐까, 하는 두근거림과 근심에 그녀는 처녀다운 수줍음과 두려움을 안고 그를 올려다보지만, 그는 아버지 같기도 하고 오라버니 같기도 한 넉넉하고 자애로운 미소로 그녀를 안심시키는 말을 한다.

"당신을 지켜 주고 싶어."

물론 실생활에서 이런 말을 할 수 있는 남자 고등학생은 없고, 이런 말을 하는 남자 고등학생은 상태가 그리 온전치 않을 것은 물론이며, 그렇지 않으면 이미 보통 남자 고등학생치고는 너무나 많은 경험을 한 상태라 남자 고등학생다운 풋풋한 면이 조금도 없을 것이 뻔한 데다, 보통의 건강한 남자 고등학생이라면 결코 이런 말을 내뱉지 않지만 수미가 남자 고등학생에 대해 잘 알 게 뭐란 말인가.

그녀가 아는 것은 오로지 소녀들의 상상 속에서만 존재하는 솜사탕처럼 부드럽고 가볍고 달콤하며 부스러지기 쉬운 세계였다. 한순간 그 세계의 공주였던 수미는 5교시 담당인 국사 선생님이 노한 표정으로 이를 악물고 출석부를 모로 세워 뒤통수를 기술 좋게 후려갈김으로써 남루한 여고생의 일상으로 순식간에 소환할 때까지 행복하고 만족스러운 미소를 지으며 창턱을 불편하게 베고 찰나이지만 공주의 잠에 한껏 빠져들어 있었다.

참으로 달콤한 잠이었다.

병선

편지는 너무 이르지도 않게 너무 늦지도 않게, 적당한 시차를 두고 도착했다. 병선은 하도 기쁜 나머지 남고생에게는 흔치 않은 한없이 자애로운 미소를 지었다. 그 자애는 가장 높은 하늘 위로 뻗쳐, 생애 최초의 비행에 임하여 날개를 활짝 펼치고 자신만만하게 날아가다 깜짝 놀란 앨버트로스와 반갑게 악수할 수도 있을 만큼 높았으며, 바다의 가장 깊고 캄캄한 곳까지 닿아 머리 위에 작고 깜빡거리는 전등을 켠 심해어의 두 뺨에 살짝 입맞춤할 수도 있을 만큼 깊었다.

그 높고 깊은 자애의 마음은 충동적으로 동생 명순의 머리를 쓰다듬으며 츄파춥스를 하나 사서 자 이거나 먹어, 하고 다정히 건네줌으로써 명순으로 하여금 십여 분 동안 오빠가 미쳤는가, 이 사탕에 독이 든 것은 아닌가, 하는 심각한 고민에 빠지게 만들었다.

사실 명순이 사탕을 입에 물고 기분이 좋아 동네 친구들에게 자랑하러 나가서 병선 혼자 있는 시간을 만들어 주기를 바라는 마음이었다. 사탕을 수상하게 바라보던 명순은 자꾸만 입에 침이 고이자 에라, 죽기 아니면 사탕 먹기지, 하며 혀를 살며시 가져다 댄 다음 눈을 꼭 감았다. 오 초가 지났지만 명순은 죽지 않았다. 사탕은 초코크림 맛이었다. 병선의 마음을 한 입 깨물어 본다면 그와 비슷한 맛이 날 터였다. 아니, 사실 초코도 아닌 것이 바닐라도 아닌 것이 들쩍지근 밍밍하게 섞이기만 한 초코크림 맛보다는 훨씬 분명한 맛이었다. 한 입 깨물면 오도독, 하고 겉에 코팅된 진한 초콜릿 맛이 입 안 가득 퍼지고 조금 있으면 달콤한 바닐라 크림이 부지런히 초코 껍질 뒤를 따라와 꿈처럼 입술을 뒤덮는 바로 그런 맛.

소녀란 소년에게 정녕 그런 존재였다, 소년의 가슴을 초콜릿으로 코팅된 아이스크림으로 만드는. 부모와 형제와 스승과 친구와 조국과 남의 부모와 남의 형제와 남의 스승과 남의 친구와 심지어 남의 조국까지도 마구 사랑하고 싶을 정도로, 어떻게 보면 반쯤 미친 상태로, 어쨌거나 꿈 많은 가슴을 끝도 없이 부풀어 오르게 만드는.

사랑에도 순정 부품이라는 게 있다면, 지금 편지 봉투를 뜯자마자 그 편지지에서 바이러스처럼 뛰쳐나와 병선의 팔을 타고 기어 올라가, 마침내 가슴속으로 파고들어 굳건히 안착한 그것, 그것이야말로 첫사랑의 순정 부품이라 할 수 있을 터였다.

첫사랑 이후의 모든 사랑은 첫사랑을 복원하려는 안타까운 수작이라는, 사랑을 비관적으로 바라보는 사람들의 이야기를 빌린다면 지금 병선의 가슴속에서 피어난 이것이야말로 실로 사랑의 원형이요 첫 거푸집이었다.

그런 자들의 비관대로라면 병선은 앞으로 튜닝의 끝은 순정이라는 말처럼, 원본보다 나은 카피가 없다는 말처럼, 아무리 나이를 많이 먹고 세월을 얼마나 보내든 간에 이 사랑의 원본을 끝없이 복사하여, 거푸집이 원래는 어떻게 생겼는지, 3D 프린터로 지금 가슴속에 피어난 조그만 씨앗을 영원히 복사하며 결국 저도 모르는 사이에 원형이 본디 어떻게 생겼는지도 잊어버리겠지만, 바스락대는 편지 봉투를 구겨질세라 살며시 손에 쥔 병선은 그따위 앞날에는 아무 관심도 없었다.

오로지 지금 그가 관심 있는 것은 수미가 예쁜 글씨로 가지런히 써 내려간 그녀의 신상 명세였다. 역시, 자기도 모르는 사이 그녀도 병선과 같은 방식을 채택했다. 곧 이루어질 것이 분명한 희망을, 분명 이루어질 테니까, 사실로 적어 두는 것.(물론 이번에도 독자들은 괄호 안에 적힌 속마음도 알게 되지만.)

키가 168이라 어른들이 모델 하라는 말을 많이 하세요.

(속마음: 이건 거짓말이 아니에요. 반에서 가장 큰 편이고, 여전히 조금씩 자라고 있어요. 어른들은 살만 빼면 모델 해도 되겠다는 말을 많이 하세요. 왜 요즘 슈퍼 엘리트 모델인가 하는 대회도 생겼잖아요? 이왕 큰 김에 더 컸으면 좋겠단 생각도 해요.)

몸무게는 48킬로그램이고요.

(속마음: 곧 그렇게 될 거예요! 정말이에요. 게다가 지금은 꼭 빼야 할 이유가 생겼잖아요. 지금은 그것보다 40근쯤 더 나가지만……. 벌꿀 다이어트, 바나나 다이어트, 덴마크 다이어트, 뭐 이것저것 해 봤지만 민준 오빠, 오빠라고 불러도 될까요, 오빠를 실제로 만나는 날까지는 그렇게 되어 있을 거예요. 그러니까 백 퍼센트 거짓말은 아니에요. 열심히 할 거예요, 진짜. 아, 인수 분해도 열심히 할 거구요.)

아버지는 사업을 하고 계세요. 그렇지만 저와 언니에게 늘 겸손하라고 가르치시죠.

(속마음: 쪼끄만 편의점도 사장은 사장이고 사업은 사업이고, 겸손하라고 말씀하시는 것도 사실이고, 잘되면 지점을 몇 개씩 늘릴 수도 있다고 부모님이 그러셨어요. 그러면 텔레비전 드라마에 나오는 것처럼 기사가 딸린 검은 자동차로 등하교할지도 모르죠. 만약 그렇게 되더라도 겸손하게 살려고 저는 늘 다짐하고 있어요. 세상 일 누가 알 수 있나요?)

사장 딸이라고 하면 흔히 누리는 혜택이나 세상의 고정 관념 때문에 부모님은 우리 자매를 아주 엄격하게 키우셨답니다.

(속마음: 사실 제가 사장 딸로 누리는 혜택이라 하면…… 오직 삼립과 샤니의 유통 기한 지난 빵 정도지만요. 세상에는 그것보다 훨씬 미미한 혜택으로도 온갖 잘난 척을 하는 방자한 아이들이 얼마든지 많지 않겠어요.)

공부를 너무 열심히 하니까 부모님과 선생님이 몸이 약해진다고 걱정하셔서 이제는 공부 말고 다른 것에도 좀 관심을 기울여 보려는 중이에요. 뭔가 제게 추천할 만한 게 있으신가요?

(속마음: 사실 부모님과 선생님은 저에게 공부하라고 말하지 않으세요. 공부는 안 해도 좋으니 제발 하는 '시늉'만이라도 하라고 하시죠. 그런데 그 하는 '시늉'도 꽤 힘들어요. 어른들은 그런 걸 다 잊어버렸나 봐요.)

아아, 이토록 운이 좋을 수가. 마음에 쏙 드는 소녀의 편지였다.

병선은 편지를 가슴에 품고 알라와 그리스도와 여호와와 부처와 제우스와 아폴론과 아프로디테에 이르기까지 이름을 알고 있는 모든 신을 찬양하고 경배했다. 백육십팔 센티미터에 사십팔 킬로그램에다 공부까지 잘하는 아름다운 여고생과 친구가 되다니. 그리고 운명의 여신이 괜히 소화 불량 같은 것에 걸려 나에게 눈살을 찌푸리지만 않는다면 어쩌면 우리는 곧 순조롭게 연인 사이도 될 수 있을 것이다. 펜팔을 한동안 유지하는 것도 좋다. 왜냐하면 얼굴을 보지 않고 편지로만 나누는 사랑은 얼굴을 보고 약속을 잡는 평이한 만남보다 조금 신비한 구석이 있기에 우리 사랑, 이라고 말하면 너무 성급하고 관계, 에 끈끈한 점성을 더해 줄 테니까.

아직 백칠십이 안 되는 병선에게 백육십팔의 소녀는 좀 크다는 감이 있긴 했다. 병선이 국민학교 때 유행한 어떤 코미디언이 부른 노래의 "백육십 센티미터의 키에~ 사십오 킬로그램의 몸무게~"라는 가사처럼 조그맣고 아담한 제비꽃 같은 소녀를 동경했지만 아버지나 사촌 형들을 볼 때 병선 역시 곧 백팔십에 가까워질 테고, 그렇게 되면 백육십팔의 늘씬한 애인이 그의 옆에서 봉긋 올라붙은 엉덩이에 착 달라붙는 청바지를 입고 나란히 서면 마치 한 세트의 모델처럼 쿨하고 멋진 커플이 될 것이다. 그들이 걸어가면 아줌마들은 정말 훤칠한 커플이라며 부러워하고, 그의 친구들에게 늘씬한 그녀를 소개하면 친구들이 나중에 그에게 전혀 악의 없는 헤드록을 걸고 주먹을 몇 대 날리기도 하겠지만 그런 매 정도는 전혀 아픔을 느끼지 않고 얼마든지 맞아 줄 수 있었다.

정말이었다. 매가 두렵지 않을 만큼 행복했다. 이런 여자친구가 생긴다니, 신의 은총이요 조상의 음덕이었다. 다음 생의 행운까지 미리 끌어와서 써 버린 게 아닐까, 이러다 내세에는 거지나 벌레로 태어나는 게 아닐까 진지하게 염려될 정도였다.

그들이 서로 적어 보낸 내용이 거짓말이라는 것은 부정할 수 없는 사실이지만, 서로 나눈 그 거짓말이 젊은이라면 누구나 지닌 허세도 아니었으며 악의가 없어서 더욱 유독한 악의로 작용하는 그런 종류의 거짓말도 아니었다. 그럴 수 있었던 이유는 두 사람이 보기 드물게 순진한 아이들이기 때문이었다.

그러나 솔직히 말하면 그들도 순진한 만큼 그리 영리하지는 않았다, 라고 이 두 사람을 평가할 수밖에 없는데, 그것은 그들이 멍청하거나 머리가 나쁘거나 말귀를 좀처럼 못 알아먹거나 하는 부류가 아니라 그들이 꿈꾸는 미래가 현실이 될 거라고 진심으로 믿었기 때문이었다. 보통은 아이나 어른이나 꿈을 꾸면서도 이루어지지 않을 것에 대비해 모두 뒷걸음질을 할 준비를 해 놓기 마련인데, 병선도 수미도 도망갈 수 있는 구멍을 준비해 놓는 성격이 아니었다.

우리 엄마가 오늘 장난감 사 준대, 라고 있는 대로 자랑을 늘어놓은 유치원생이 이튿날 빈손으로 유치원에 가서 친구들에게 할머니 집에 놓고 왔어, 하고 천연덕스럽게 말하고, 청년이 청혼하면서 네 손에 물 한 방울 안 묻히게 할게, 라고 호기롭게 말하고는 결국 아내가 된 여성에게 질긴 고무장갑을 사 주는 정도로 주춤거릴 참호를 마련해 두건만, 병선과 수미는 너무나 집중한 나머지 자기들이 말하는 미래가 냉정하게 말해 거짓말이고, 그런 미래가 올 가능성이 희박하다는 사실을 깜박 잊고 말았다. 잊고는, 진심으로 믿어 버렸던 것이다.

자신들이 늘어놓은 밝은 미래를. 그래서 지금 자기가 거짓말을 하고 있다는 가책을 느끼지도 못했다. 거짓말을 하는 게 아니라 잠시 유예된 진실을 말하는 거니까, 이 유예 기간이 풀리고 시간과 노력을 들이면 한 줄 한 줄이 현실이 될 거라고, 편지 한 번밖에 주고받지 않은 두 사람은 마치 쌍둥이처럼 한마음으로 굳게 믿었다.

아아, 독자들이여! 그렇기에 병선은 서둘러 답장을 쓴 다음, 수미가 불편하지만 창턱을 베고 찰나적인 공주의 잠에 빠져들었을 때와 거의 같은 상상을 했는데, 수미의 꿈과 디테일이 살짝 다를 뿐 내용은 거의 같았다. 수미의 상상처럼 로맨틱한 퍼프소매 드레스를 입은, 하지만 가슴과 엉덩이는 수미의 상상보다 양쪽으로 삼 인치 정도 더 빵빵한, 그리고 수미의 상상보다 드레스의 길이가 육 센티미터 정도 더 짧은. 이건 어쩔 수 없는 것이, 그는 아주 건강한 남고생이니까. 아름다운 소녀가 여린 손으로 정성스럽게 준비해 온 맛있고 고급스러운 샌드위치를 먹으며 지적인 담소를 나누는 데까지는 대찬성이었다.

예쁜 체크무늬 피크닉 매트도 나쁠 것 없었고 왕골로 짠 피크닉 바구니라면 얼마든지 그가 나를 용의가 있었다. 햄과 치즈와 양상추가 들어 있으면 좋지만 버터와 오이뿐인 상큼한 핑거 샌드위치에도 그리 큰 불만은 없었다. 어차피 그들이 친해지고 나면 분식점과 패스트푸드점의 기묘한 혼합체 가게인 학교 앞 '훼밀리아' 같은 곳에 가서 에그버거 같은 것을 배 터지게 먹을 테니까. 뜨거운 밀크 티에 프레베르를 곁들이는 것도 대찬성이고, 부른 배도 좀 꺼뜨릴 겸 손잡고 풀밭을 산책하는 것도 좋았다.

단, 체크무늬 피크닉 매트가 있는 곳으로 돌아오긴 해야 했다. 아무리 푹신하고 도톰한 카펫 같은 잔디일지언정 맨살에 닿으면 따갑기 마련이니까. 둘은 잠시 두 손을 마주 잡고 맴을 돌다가 체크무늬 피크닉 매트 언저리로 돌아온다. 그러면서 병선이 이른바 '공주님 안기'로 수미를 안아 올려 수미가 비명을 지를 때까지 장난스럽게 빙빙 돌리기도 한다. 왕골 피크닉 바구니에는 아까는 없었던 병이 하나 들어 있는데, 그건 마시기 딱 적당한 온도가 된 포도주병이다.

와인 잔까지 가져가면 너무 주도면밀해 보이니까 아까 밀크 티를 마신 찻잔을 씻어 내고 포도주를 따른 두 사람은 서로를 그윽한 눈빛으로 바라보며 서로의 눈빛만큼이나 그윽한 포도주를 마신다. 포도주의 뜨거운 목넘김이 계속될수록 소녀의 팔 안쪽 하얀 살갗이 나무딸기처럼 바알갛게 물든다.

누가 먼저랄 것도 없이 두 사람의 입술이 마주치고, 서로의 입술과 혀뿌리 안쪽에서는 시큼하면서도 달짝지근한, 포도주가 섞인 타액이 숨 가쁘게 교환된다. 소녀의, 아니 목구멍의 부드러운 점액질 너머로 포도주를 몇 모금이나 넘긴 지금은 이미 여인의 그것인 목선은 가느다랗고 버들가지처럼 휘어지는 경사를 반들어 아찔하게 매혹적이다. 여기부터가 수미의 상상과는 완전히 다르게 골로 가는데, 혀 밑에서 자연산 벌꿀의 샘이 솟아나는 듯, 자칫하면 당뇨병에 걸릴 만큼 달콤한 그녀의 혀를 빨면서 그는 손을 아래쪽으로 내려 그녀의 엉덩이를 감싸 쥔다. 생각보다 커다랗고, 동그랗고, 부드러우면서도 터질 듯 탄력이 있는 그런 엉덩이다.

십팔 년 동안 출격 준비와 모의 훈련만 했을 뿐 단 한 번도 실제 출격을 한 경험이 없는 그의 로켓은 금방이라도 바지를 뚫고서 저 혼자 먼 은하계로 날아갈 것처럼 급박하게 지퍼를 압박한다. 하지만 그녀는 한없이 깨끗하고 순결한 소녀 아닌가. 비록 지금은 그가 엉덩이를 꽉 움켜쥐고 있긴 하지만……. 선량하고 신사다운 그의 마음속에서 일어나는 일진광풍의 갈등과 망설임을 알아챈 듯 센스 있는 소녀는 원피스의 한쪽 어깨를 살며시 내린다. 하얗고 가녀린 그녀의 어깨선이 바르르 떨리며 말갛게 드러난다. 그리고 그녀는 수줍어하면서도 더없이 유혹적인 촉촉한 목소리로 말한다.

"날 가져요, 달링."

어라, 어쩐지 그녀의 목소리, 저번에 친구에게서 빌린 〈야한 학원〉 시리즈의 영원한 히로인인 포르노 배우 올리비아의 목소리와 비슷한 것 같기도 하지만, 그러게 달링은 또 뭐며……. 그러거나 말거나 지금 급한 건 그게 아니다. 혀와 몸뚱이가 하나로 뒤얽힌 채 매트 위로 쓰러진 두 사람 위로 하늘은 더없이 쾌청하고 로켓은 그 광활한 하늘을 지나 대기권과 성층권을 통과하여 미지의 우주 기지를 향해 오랫동안 기다린 출격을 시작한다. 촉촉하고 꽉 조이는 미답의 처녀지인 우주 기지로.

정결하고 평화로운 점심 식사 시간은 순식간에 뜨거운 교성이 난무하는 후식 시간으로 변모하고 그는 디저트로 그녀를 남김없이 취한다. 냠냠냠, 참 잘 먹었습니다. 나에게 당신을 주었으니 나도 당신에게 나를 드리겠어요. 그녀의 촉촉한 눈빛이 뭔가를 묻는 것 같다. 가슴에 안기도록 팔베개를 해준 그는 그녀의 귀에 속삭인다.

“내가 다 책임질게. 평생 사랑해 줄게.”

그렇게 그의 로켓은 또 한 번의 모의 출격을 끝내고, 그는 엉거주춤 바구니에서 냅킨을 꺼낸다. 그리고 잠이 든다. 쿨쿨쿨. 어쩌겠는가, 소년들은 그렇게 자라나는 것이다. 다소 저질로. 다시 한 번, 어쩌겠는가. 독자 여러분, 이 정도로 유치한 상상이라면 그나마 점잖은 축에 드는 것을.

그즈음 성폭행을 당한 여대생이 투신자살을 했고, 텔레비전 뉴스에서는 이 사건을 "순결의 가치가 실종된 시대에 더럽혀진 몸으로 치욕을 견디며 살 수 없다는 결연한 모습을 보여주었다."고 보도했을 정도이니 책임질게, 지켜 줄게, 여자의 순결은 잘 깨지는 접시와 같다, 이따위 말이 횡행하던 시절이라 병선이 특별히 더 저질인 것은 아니었지만 그 사실이 누구에게도 위로가 되진 못했다. 그냥 그렇다는 얘기다.

사실 그들이 지켜 줄 필요는 없었던 것을. 그 많은 소녀들을 화내고 징징대고 설득해 일을 치르고는 책임질게 지켜 줄게 어쩌고 하는 말 없이 그냥 그들을 가만히 놔두기만 했으면 좋았을 텐데. 참 좋았을 텐데.

수미

소년들이 자라나는 동안 소녀들이 손 놓고 놀고 있지는 않을 것이 당연한 터, 소녀들도 질세라 들풀처럼 무럭무럭 자라나는 것은 마찬가지였다.

소년들이 허세와 조직과 가오를 부리고 배우고 익히며 자라나는 동안 소녀들은 자랑과 음모와 소문을 배우고 익히고 만들며 자라났다. 그중 여성의 속성에도 부합한다고 일반적으로 알려져 있으며 습득하기도 비교적 쉬운 세 번째, '소문'을 통해 수미가 사랑에 빠졌으며 그 지역에서 성공적인 펜팔 커플 2호로 등재될지 모른다는 소식이 산불처럼 무서운 속도로 퍼져 나갔다.

선남선녀로 구성된 펜팔 커플 1호는 시간이 흘러 어느새 결혼했고, 허니문 베이비를 잉태한 선녀 양은 임신 팔 개월의 풍선처럼 부른 배를 안고 예쁜 얼굴이 부석부석 부어오른 채 운동화를 구겨 신고 집과 동네 슈퍼, 분식집 등을 왔다 갔다 하며 온종일 떡볶이, 순대, 파인애플과 복숭아 통조림 등 각양각색의 두서없는 주전부리를 입에 물고서 임신 후기까지 이어지는 고약한 입덧 덕에 먹다가 토하다를 반복하느라 남편의 끼니를 제대로 챙겨 주지 못했다.

그러니 임신한 아내와 몇 달이나 관계를 갖지 못해 불만이 가득했던, 그리고 남자의 그런 불만에는 지극히 관대한 분위기 때문에 선남 씨는 술김에 예쁘장한 여직원과 별 생각 없이 관계를 맺었고, 하지만 그 관계가 한 번으로 끝나지 않은 데다 여직원도 선남 씨처럼 마음 편히 '쿨하게' 생각한 줄 알았더니만 그게 아니었던지라 회사에 모조리 들통이 나자 선녀 양은 조산을 했으며 선남 씨는 마치 6 · 25 동란 때의 중공군처럼 몰려온 처갓집 식구들에게 아주 경을 쳤고, 선녀 양은 그 집안의 장손이기도 한 첫아들을 데리고 친정에 가서 몸조리를 했으며, 순식간에 홀아비 신세가 된 선남 씨는 여고생들 눈에도 깔끔하고 미끈한 미남으로 보였지만 이제는 면도조차 제대로 하지 않고 와이셔츠 깃이 누런 지저분한 꼴로 죽지 못해 겨우겨우 출퇴근을 하는 표정이었다.

그 소문을 모르는 여고생이 없는 바람에, 한때 동경의 대상이었던 그의 얼굴이 엉큼하고 기름기 넘치고 온갖 수컷의 못된 단점의 집약체로 보이는 이 시점에서, 소녀들은 사랑의 환상을 만족시켜 줄 사건을 열렬히 갈구하고 있었다.

바바라니 주드니 엘리자베스니 하는 이름의 외국 여성들이 쓴 할리퀸 로맨스 시리즈는 좀 그랬다. 거기에 등장하는 남자들은 모두 냉정하지만 첫사랑의 아픔을 견디고 얼음 같은 심장 안에 격정을 숨긴 재벌 2세이거나, 참나무 화덕에서 훈증으로 서너 시간 정도 골고루 잘 구운 듯 갈색의 그을린 피부와 표범처럼 미끈한 야성적인 몸매를 지닌 아랍의 왕자 또는 석유 재벌 또는 둘 다이거나, 드넓은 목장에서 박차가 달린 부츠를 신고 승마로 단련된 튼튼한 허벅지로 거대한 말을 자유자재로 움직이며 광활한 대지를 달리면서 수천 마리의 소를 돌보는 카우보이 겸 목장주이거나, 재산과 지위를 보고 달려드는 닳고 닳은 뭇 여성들에게 이골이 나 버린 고아한 대귀족이거나, 하여튼 현실적인 구석이라고는 아무리 눈을 씻고 봐도 없었는데, 그중에서도 가장 결정적으로 비현실적인 것은 그들이 모조리 양인이라는 점이었으니 이입할 구석이 영 없었던 것이다.

몇 년 뒤 대학에 진학하고 나서 토익이니 토플이니 하는 것도 공부하고 미국 영화를 본 후에는 이런 소설을 취미로 읽는 소녀들도 생기지만, 존이니 크리스니 프랑수아니 하는 남자들은 아직 멀고도 멀었다.

이런 형편이었으니, 수학과 축구에 능하고 백팔십 센티미터 키에 예이젠시테인이라든가 베리만이라든가 타르콥스키라든가 하는 멋지고 이국적인 이름에 능한 남자 고등학생의 혜성 같은 출현은, 비록 그가 아직은 편지지 위에서만 존재한다 해도, 그야말로 쨍쨍한 사막의 오아시스 같은 존재였다.

소녀들은 그 샘에 모조리 몰려들어 꿀꺽꿀꺽 물을 마시고 항아리에 담아 여고라는 사막 이곳저곳으로 퍼다 날랐다. 1학년 7반 김수미한테 존나 멋있는 남자 친구 생겼대, 라는 소문은 뜨거운 공기가 차가운 곳으로 움직이고 물이 위에서 아래로 흐르듯 지극히 자연스럽게 1분단 아이들이 2분단에 이야기하면 2분단은 3분단에 전파하고 3분단은 4분단에 전달하는 식으로 흘러 나갔고, 확장판으로는 쉬는 시간과 점심시간과 방과 후에 1, 2, 3, 4분단 아이들이 한 손에는 신발주머니나 도시락 가방을, 한 손에는 이야기할 거리를 쥐고 각 반을 돌아다닐 때 중세의 페스트처럼 퍼져 나갔으며, 그리하여 몇몇은 펜팔을 해 볼까 다시 한 번 심각하게 고민하며 잡지의 독자란을 뒤지기 시작했다.

학교를 구성하는 존재가 오로지 학생뿐이라고 생각한다면 그것은 큰 오산, 소문은 아이들 사이에만 퍼진 것이 아니라 교무실에까지 퍼졌는데, 주로 알나리깔나리라든가 워어어어, 하는 앞뒤 추임새를 넣어 "선생님, 재 '깔' 생겼대요!" 하는 식이었다.

소문의 주인공이 된 소녀들은 부끄러워하거나 그렇게 말하는 아이들의 입을 억지로 막으려 하며 소녀 특유의 인토네이션으로 "야아아~" 하고 팔짝팔짝 뛰곤 했지만, 솔직히 "야아아~" 하는 쪽이든 알나리깔나리 하고 놀려 대는 쪽이든 모두들 한 번쯤은 그 소문의 주인공이 될 수 있기를 간절히 바랐다. 화제가 무엇이든, 소녀 시절에는 무언가의 중심이 되기를 원하는 법이다.

물론 상당수는 어른이 되어도 그렇다. 그렇다고 해서 수미가 지금까지 그런 중심적인 인물이 되지 못했던 것은 아니었다. 다만 지금까지는 1학년 7반 김수미가 누구 뒤지게 패서 반 죽여 놨대, 1학년 7반 김수미가 집에서 빵 진짜 많이 가져와서 앉은 자리에서 다 처먹었다는데 진짜 대단하지 않냐, 1학년 7반 김수미가 애들하고 어디서 삥 뜯었대, 1학년 7반 김수미가 옆 학교 애들하고 맞짱 떠서 죽도록 패 놨대, 등등의 대단히 폭력적인 소문의 주인공으로 존재해 왔다. 그러다가 어느 날 갑자기 번데기가 허물을 벗고 나비가 되어 훨훨 날아가고 여드름투성이 소녀가 대학 물 좀 먹더니 꽃다운 숙녀로 변신하듯 액션 히어로에서 로맨틱 무비의 멜로 여주인공으로 전격 변신한 것은 당연히 쇼킹한 사건이었다.

어쨌든 천하장사가 로맨틱 코미디의 주인공으로 변신한 그 쇼크로 학교는 이른 아침 0교시부터 밤 열한 시 14교시까지 이어지는 지루한 시간은 물론 일주일 정도는 떠들썩했다. 그 폭력적인 사건이 모두 진짜는 아니었지만 F=ma, 질량×가속도라고, 질량이 꽤 많이 나가다 보니 한번 실랑이가 붙어 상대를 밀기만 해도 워낙 타격이 컸던지라 소문도 탄력을 받았다. 수미는 단지 덩치가 크다는 이유만으로 그런 사건에 자기 의사와 상관없이 '깍두기'로 자주 휘말렸다. 억지 춘향으로 꼭 끼어야만 할 때면 중량을 사용해서 상대를 그냥 멀리 밀어버리고 자리를 떴다. 중량 때문에 상대는 어쩔 수 없이 밀렸고, 이튿날이면 소문은 아이들이 알아서 만들어 냈다.

수미는 액션 히어로인 것도 싫지는 않았지만 무럭무럭 자라나기 시작한 러브스토리의 주인공이 된 것도, 선머슴 같은 아이가 가끔 언니의 화장대에서 남몰래 삐뚤삐뚤 립스틱을 발라 보듯 간질간질한, 결코 나쁘지 않은 기분이었다. 하지만 그날 그녀의 운은 매우 나빴는데, 그 소문을 들은 선생님이 방년 이십구 세의 지리 선생님 정지은이었기 때문이다.

수미

지리 선생님 정지은은 기본적으로 선량한 사람이었다. 그러나 어떤 사람에게나 뭔가 악마적인 본성이 고개를 들 때가 있다. 이건 전적으로 수미의 고약한 운명이었다. 벌써 몇 번 편지가 오갔고, 수업이 끝날 때까지 참지 못해 교과서를 건성으로 편 채 아기자기한 편지지에 뭔가 적고 있는 수미의 어깨를 톡톡 두드릴 때까지만 해도 정지은 선생님의 그런 본성은 고개를 들지 않았다.

"너 이거 뭐니?" 하자 수미는 얼굴이 새빨개졌다. 주위 학생들이 "김수미 남자 친구 생겼대요오, 워어~" 하는 웃음과 발랄하고도 장난스러운 야유를 보내자 정지은 선생님은 기분이 썩 좋지 않았다. 수업 시간에 딴짓하다가 걸린 주제에 벙싯벙싯 웃고 있는, 투실투실 살찐 얼굴의 수미를 축복해 줄

마음 따윈 절대 생겨나지 않았다.

축복은 무슨. 공부해야 하는 학생 주제에 꼴같잖은 짓 한다고, 꼬장꼬장한 교감 선생님을 흉내 내어 고풍스러운 트집이라도 잡아 때려 주면 속이 시원할 것 같았다. 더구나 수미는 특출하게 성적이 좋은 것도 아니고 입의 혀같이 굴면서 심부름을 한다든가 뭐 선생님 오늘 입은 옷 너무 예뻐요, 이런 소리를 하는 것도 아니고 가끔 교탁에 음료수를 갖다 둔다거나 하는 아이도 아니었으니 더더욱 예뻐 보일 건덕지가 없었다.

이런 상황이니 아이들이 짓궂게 김수미 남자 친구 생겼대요오, 존나 멋있대요오, 키가 백팔십이래요오, 하는 비음 섞인 괴성을 질러 댈 때 백육십칠 센티미터 땅딸막한 키의 약혼자, 그녀를 늘 저기, 라고 부르며 이제는 자기 동생들 대학 등록금은 우리가 대 줘야 한다, 그나저나 당신 비자금은 얼마나 모아 놨냐는 주제넘은 소리를 아무렇지도 않게 지껄이는 그 남자가 떠오르자 마침 생리 이틀째라 진통제를 몇 알씩 먹었는데도 허리가 꺾일 정도로 아픈 탓도 있어, 그런 본성이 완전히 고개를 들고 말았다. 고로 헤헤 웃고 있는 수미를 축복해 주기는커녕 검은 닭의 목을 꺾어 피라도 뿌리면서 거창한 저주를 퍼붓고 싶은 기분을 도무지 감당할 수가 없었다. 사실 똥차가 안 가서 차가 밀린다는 불평을 너무나 당당하게 해 대는, 학창 시절에 꽉 잡아 놓은 의사 남친을 둔 여동생과 어머니의 불평을 아침부터 또 듣고 온 날이었다.

"놀구 있네."

선생님의 얼굴에 웃음기라고는 전혀 없다는 것을 깨달은 아이들이 김민준의 신상 명세를 열심히 늘어놓기와 괴성 지르기를 그만뒀다.

"저번 시간 숙제 펴!"

책상 서랍과 가방에서 부스럭거리며 노트 꺼내는 소리가 교실 전체에 퍼졌다. 1분단부터 책상 위에 펼쳐 놓은 아이들의 공책을 끝이 가느다란 지휘봉으로 탁탁 짚으며 정지은 선생님은 피식피식 비웃었다.

"니가 어디 펜팔을 해서 연애를 해? 키가 백팔십에 멋있어? 애두 어쩜 그렇게 순진하니. 그런 편지에다 진담 쓰는 사람이 있을 것 같아? 내가 보기엔 니네 중에 펜팔로 연애해서 잘될 사람은 한 명도 없어. 있으면 반장 수진이 정도? 나머지는 공부나 열심히 해라."

사랑에 빠진 남자의 입에서 나올 때 외에는, 순진하다는 단어가 좋게 쓰이는 경우가 별로 없을 것이다. 귀엽게 어리바리한 연인을 향해 자긴 참 순진해, 이럴 때 말고는 보통 멍청하거나 세상 물정 모르는 모습을 일컬을 때나 쓰이는 법, 선생님에게서 풍겨 나오는 악의를 예민하게 감지한 아이들은 그녀가 발음한 '순진하다'가 착하거나 귀엽다는 뜻이 아니라 멍청하다는 뜻임을 즉시 알아챘으며 몇몇 아이는 킥킥거리기까지 했다.

"넌 니 얘기 사실만 고대루 썼니, 응?"

수미는 응당 네, 라고 대답하려 했지만 보이지 않는 작은 손이 목구멍에서 튀어나와 혀를 꼭 붙잡는 것만 같았다.

칠십이 킬로그램. 학교 앞 교복 가게에서 이 사이즈는 본사에 주문해야 한다고 하여 매우 거추장스러운 과정을 거쳐 구입한 88 사이즈 교복 치마를 입은 수미의 몸은 시력이 마이너스 디옵터인 사람이라 해도 사십팔 킬로그램이라고 믿어 줄 것 같진 않았다.

그렇지만, 그렇지만, 이건 거짓말이 아니야. 왜냐하면…….

수미가 빨판이 달린 듯 끈덕진 작은 손에 혀를 꼭 붙들린 채 혼란스러워하는 동안 벌써 2분단 숙제 검사를 마치고 3분단 중간까지 온 정지은 선생님의 말은 계속되고 있었다.

"하여튼 너, 거기 쓰여 있는 거 절반도 믿지 마라. 다 거짓말이야. 아마 딱 니가 쓴 거짓말 정도는 걔도 거짓말을 했을걸?"

아이들 몇이 까르르 웃었다.

웃는 아이들은 대부분 펜팔의 광풍에 휩쓸려 몇 번 편지를 주고받고 만나 본 적도 있기 때문에 선생님이 무슨 얘기를 하는지 정확히 알고 있었다. 수미 앞에도 자기들이 겪은 것과 꼭 같은 귀결이 마련되어 있을 것을 전혀 의심하지 않았다.

아냐, 난 달라, 다르다고! 하고 교실이 떠나갈 듯 큰 소리로 외치고 싶었지만 목구멍에서 담쟁이덩굴처럼 뻗어 나온 작은 손은 전혀 힘을 늦추지 않고 계속 수미의 혀를 꼭 붙들고 있었다.

수미의 삐뚤빼뚤한 숙제를 지휘봉으로 톡톡톡 두드리며 정지은 선생님이 피식 웃었다.

"빵 먹을 시간에 숙제나 좀 잘하지, 이게 뭐야? 발로 숙젤 했니? 편지 쓸 시간에 숙제를 하고 빵 먹을 시간에 공불 좀 하면 성적이 전교 순위 백 등은 오르겠다."

지휘봉은 지리 공책에서 풍선처럼 도톰하게 부푼 수미의 뺨으로 옮아 갔다. 나무 지휘봉이 수미의 뺨을 사정없이 찔러 대 충치가 먹은 어금니를 자극하는 바람에 하마터면 앗, 하고 짧게 소리를 지를 뻔했지만 이를 악물고 참았다. 왠지 그래야만 할 것 같았다. 평소 무난하고 착한 사람으로 통하던 정지은 선생님의 행동이 짓궂은 장난인지, 야단을 치는 것인지, 대놓고 무안하게 구는 것인지, 교실 안의 어느 누구도 분간할 수가 없었다.

"이 볼따구니 좀 봐라, 응? 맨날 그렇게 먹어 대니 이렇게 터지려고 하지. 연앨 하고 싶거든 만나서 할 것이지 왜 하필 펜팔이래니. 너 빵 좀 줄여야겠다. 걔가 만나자고 하면 어떡할 거니? 이대로 나갈 거야? 계집애가 돼지도 아니고…….”

정지은 선생님은 이번에는 여러 겹으로 접힌 수미의 배를 교복 조끼 위로 쿡쿡 찔렀다.

그녀는 자기 말투가 좀 전 수화기를 통해 카랑카랑하게 들려온 예비 시어머니와 똑같이 울리고 있다는 걸 얼핏 느꼈지만 야비하게 구는 행동을 도무지 그만둘 수가 없었다. 나보다 약한 타인에게 잔인하게 구는 것, 이 맛이었다. 이게 묘한 중독성이 있어서 예비 시어머니도 그토록 해 대는 모양이었다.

수미는 두 손으로 배를 감쌌지만 얼굴이 새빨개졌다. 나중에는 얼굴이 하얗게 굳어져서, 지휘봉이 온몸을 쿡쿡 쑤시는데도 고개를 떨어뜨리지도, 눈물을 흘리지도, 편지지를 감추지도 않은 채 칠판만 빤히 쳐다보고 있었다.

“하이고, 지가 언제부터 그렇게 칠판을 열심히 봤다고.”

정지은 선생님은 왠지 참을 수 없이 화가 났다. 앞만 빤히 바라보는 수미의 표정에서, 자기에게만은 절대 불행한 일이 일어나지 않으리라 한 치도 의심하지 않고 있다는 것을, 한때 똑같이 인생에 속았던 사람의 감각으로 느꼈기 때문에 더욱 화가 치밀었다. 그녀는 숫제 지휘봉으로 수미의 빰을 턱턱 밀어 댔다.

“얘, 남자는 믿을 게 못 돼. 다 거짓말쟁이라고. 입에 발린 소리만 하고, 못하는 소리가 없지. 하지만 그건 다 거짓말이야. 하여튼, 꿈 깨. 꿈 깨고 공부나 열심히 해. 이 볼따구니 좀 봐라. 꼭 다람쥐가 도토리 문 것 같네."

나름 귀엽다면 귀여운 표현이었다. 그렇지만 말투가 면도날 같았다.

아이들은 어색하게 까르르 웃었지만, 예민한 몇몇은 평소 말이 많지 않은 '지리'가 쏟아 놓은 말들에서 어떤 숙명적인 비애를 감지하고는 웃지 않았다.

정지은 선생님은 교과서를 펴고 한국 각 지방의 특산품을 설명하기 시작했다. 수미는 나전 칠기도 담양 돗자리도 귀에 들어오지 않았다. 은미는 또각또각 칠판에 써지는 분필 소리 사이에 수미에게 살그머니 속삭였다.

"저 씨발년! 니가 참어. 다 노처녀 히스테리야."

"나 괜찮아."

수업 끝나는 종이 울리자마자 정지은 선생님은 서둘러 교실을 나갔다.

근무 시간에 전화하는 걸 그는 싫어했지만, 오늘은 꼭 약혼자와 통화해서 담판을 지을 생각뿐이었다. 고개를 푹 숙이고 편지 봉투를 구겨 쥔 수미의 일 따위는 진작에 머릿속에서 지워졌다. 출석부와 교과서를 챙겨 교실을 나가면서, 약혼자가 자신의 본가에서 몇 분도 걸리지 않는 방 두 칸짜리 집에서 살아야 한다고 끝끝내 주장한다면 이 결혼을 깨야 할지도 모른다고 정지은 선생님은 처음으로 야무지게 생각했다. 이혼보다는 파혼이 낫지 않겠는가. 그렇게 되면 미리 들어간 예단 비용이나 현물 예단 같은 건 소송을 한다 한들 돌려받을 가능성이 거의 없다고 동료 여선생들이 충고해 주었지만, 그건 장차 불행한 사십 년을 막기 위한 기회비용으로 여긴다면 별것 아니었다.

지리 선생님 정지은은 가벼운 슬리퍼 소리를 내며 아이들 시야에서 완전히 사라졌다. 그녀의 발걸음은 의심과 그에 따른 불행을 타인에게 감염시킨 사람다운 만족감으로 산뜻하기 그지없었다.

수미

수미가 사십팔 킬로, 라고 자기 몸무게를 두고 거짓말만 하지 않았어도 지리 선생님을 향해 쌍년, 오늘 생리하나, 왜 나한테 지랄이야, 하고 우습게 넘길 수 있을 터였다. 하지만 몸무게가 칠십 킬로를 가볍게 넘어간 시점에서 민준도 거짓말을 했을 수 있다고 의심하지 않을 수 없었다.

수미는 죄 없는 샤프심을 똑똑 부러뜨리며 고개를 흔들었다. 아니야, 내가 편지에 적어 보낸 말들은 거짓이 아니야. 그렇게 그녀는 여전히 굳게 믿었다. 그녀가 적어 보낸 말들, 그것은 단지 유예된 진실일 뿐이었다. 냉동식품 같은 것이었다. 컵라면 같은 것이었다.

아직은 음식이 아니지만 전자레인지에 넣어 돌리거나 끓는 물에 넣기만 하면 어엿한 음식이 되는 그런 상태. 나는 그저 동결 건조된 상태야. 거짓말하지 않았어. 해동하기만 하면 진실이 될 거니까, 거짓말이 아니야. 진실의 유예를 풀어서, 동결 건조를 해제하기만 하면 돼. 가루 수프를 물에 풀어 끓이면 진짜 수프가 되는 것처럼, 3분 짜장을 데우면 훌륭한 한 끼 식사가 되는 것처럼, 나도 마음만 먹으면 그럴듯한 한 끼가 될 수 있어. 믿어 줘.

그날 저녁상에서 수미는 밥을 반도 넘게 남겼다. 거짓말쟁이, 라는 다섯 글자가 커다란 엉덩이와 살이 튼 자국이 선명하게 나 있는 굵은 허벅지에 주홍글씨처럼 새겨지는 것 같아서 도무지 밥이 더 들어가지를 않았다.

밥을 먹는 둥 마는 둥 하고 책상 앞에 앉은 수미는 민준의 편지를 다시 읽다가 새 편지지를 꺼내 예쁜 글씨체를 연습하지도 않은 채 갈겨썼다.

민준 오빠.

남자는 다 거짓말쟁이고 속이고 배신하는 따위의 일은 지리 선생님의 세계에서만 일어나는 거죠? 우리 세계에는 아직 그런 건 들어오지 않은 거죠? 우리의 세계는 아직 그 사람의 세계와는 다른 거죠? 그리고…… 오빠가 백칠십팔 센티미터라는 건 거짓말이 아니죠?

맨 마지막 한 줄은 쓰지 못했다. 책상 위의 자그마한 서랍장에 딸린 거울을 꺼내서 얼굴을 비춰 보자 그야말로 지리 선생님이 이야기한 '볼따구니'가 무덤처럼 봉긋했다.

옛날 어른들 같으면 맏며느리 같다고 할 것이며 요즘 어른들도 동그스름한 젖살이 귀엽다고 할 테지만, 요즘 아이들에게는 맏며느리라는 말도 젖살이라는 말도 학생답다는 말만큼이나 딱 질색이었다. 호빵처럼 뽀얗고 터질 듯 통통한 얼굴 따위는 그저 말 그대로 볼따구니일 뿐, 여자로서의 사회적인 죽음을 선고하는 표제밖에는 아무것도 아니었던 것이다.

저주스러운 그 뺨을 입 안쪽으로 빨아들여서 푹 꺼뜨려 갸름하게 보이려고 해 봤지만 우스꽝스럽기만 했다. 수미는 자기가 좋아서 먹은 주제에 그 많은 빵을 증오했으며, 삼립과 샤니를 저주하고, 나아가 제빵계를 혐오하기 시작했다. 그러느라 안쪽으로 쪼옥 빨아들여 푹 꺼뜨렸던 뺨은 초승달이 보름달로 차오르듯 원 상태로 포실포실하게 돌아왔는데, 뭐 그게 당장은 갸름해 보이는 효과가 있다 해도, 그를 만났을 때 그렇게 있을 수는 없다. 인어공주가 아닌 바에야, 말을 해서 이야기는 나눠야 할 게 아닌가.

수미는 작게 한숨을 내쉬고는 편지 봉투에 풀을 발랐다. 그리고 봉투가 마를 동안 거울 앞에서 볼을 꺼뜨려 보기도 하고 눈을 크게 떠서 깜빡여 보기도 하고 언니의 립스틱을 살짝 발라 보다가 운동화를 구겨 신고 편지를 부치러 나섰다. 그 운동화는 언니 거였고 꺾어 신은 흔적이 있는 뒤축을 보면 언니가 기함을 하며 길길이 날뛰겠지만 왠지 될 대로 되라 하는 심정이었다.

언니가 석 달 동안 돈을 모아서 산 그 에나멜 재질의 운동화 뒤축이 사정없이 구겨져서 아스팔트 바닥에 직직 끌리는 소리가 나자 왠지 기분이 좋아져 바로 펴서 신고 집으로 달려오는데 배에서 꼬르륵 소리가 울렸다. 철로 된 대문은 기름칠한 지 오래되어 이 시각에 문을 열었다간 온 동네에 끼이이익 하는 소리가 울려 귀청을 찢는 듯해서, 다른 길을 골라야 했다. 구멍가게 시절 가게와 살림집이 붙은 구조를 그대로 살린 편의점 뒷문을 통해서 가는 거였다.

딸랑, 하고 뒷문에 달린 종이 울렸지만 언니는 자기 운동화의 운명도 모르고 계산대에 앉아 꼬박꼬박 졸고 있었다. 『모닝 잉글리쉬』 표지에 뺨을 대고 잠든 언니의 얼굴은 평화로워 보였다. 수미 배에서 조금 더 크게 꼬르륵 소리가 났는데도 언니는 움직이지 않았다. 수미는 편의점 안을 한번 휘둘러보았다. 과자들이 속살거렸다.

우릴 미워했었어?

단 한 번이라도?

우린 너를 버리지 않아.

우리야말로 네 친구야.

친구가, 부모가, 연인이 너를 버려도 우리는 버리지 않아.

그에 공명하듯 수미 배에서는 다시 한 번 꼬르륵 소리가 울려 퍼졌다.

계산대 옆에 놓인 작은 라디오가 새벽 한 시를 알렸다. 그건 곧 시간당 천오백 원을 받는 아르바이트 오빠가 와서 잠든 언니와 교대할 거라는 뜻이었다. 시각을 알린 라디오는 노래를 들려주었다. 수미도 들어 본 적이 있는 옛 노래였다.

I say goodbye to love.

No one ever care if I should live or die.

Time and time again the chance for love has passed me by.

And all I know of love is how to live without it.

어떤 기자가 "당신 사진에 뚱뚱하게 나와요." 하고 얌통머리 없이 던진 한마디에 죽어라 굶었다가 끝내 죽어 버린 옛 시절 어느 여성 보컬의 다정한 목소리가 카운터를 만지고, 순간온수기를 만지고, 냉동고를 만지고 지나갔다. 빵과 과자 들도 한목소리로 함께 노래했다.

Loneliness and empty days will be my only friend.

From this day love is forgotten.

I'll go on as best I can.

수미는 노래를 부르는 과자들을 집었다. 땅콩크림샌드, 딸기크림샌드, 에이스크래커, 초코다이제스티브, 치즈샌드, 딸기산도. 노래를 부르는 것은 과자뿐만이 아니었다. 천하장사 소시지, 크림빵, 요플레 딸기 맛과 열대 과일 맛, 손대면 큰일 나는 냉동고 가장 높은 곳에 도도하게 군림하는 하겐다즈 마카다미아넛 맛까지. 손으로는 다 들 수가 없어 편의점 한쪽 구석에 놓인 노란 바구니에 담았다.

그 와중에 요플레가 바닥에 떨어져 퐁, 하고 은박 껍질이 찢겨 나가면서 으깨진 딸기 덩어리들이 꽃잎처럼 점점이 흩어졌지만 거둘 시간이 없었다. 언니의 잠든 눈꺼풀 위로 오래 전에 죽어 버린 여자의 목소리는 여전히 노래했다.

I say goodbye to love.

No one ever care if I should live or die.

수미는 방으로 돌아와 문을 걸어 잠갔다. 땅콩크림샌드를 한 입 베어 물자 느끼하면서도 참을 수 없이 고소한 땅콩 지방분의 맛이 느껴졌다.

그다음, 빵의 크림 부분에서는 싸구려 지방의 맛이 풍부하게 느껴지고 보들보들한 빵이 입 안에서 그 크림을 받아 다정히 감싸 안는다. 빵 가장자리를 씹으면서 비닐 포장 옆구리의 빨간 줄을 벗겨 내 어육 소시지를 먹는다. 귀여운 알밤 모양의 만주를 한 입 베어 물자 앙금이 물기라곤 없이 퍽퍽하면서도 혀가 녹아 버릴 만큼 단맛이다. 소보로 껍질이 바닥에서 모래처럼 버석거리고, 크림 부분만 싹 핥아 먹은 딸기산도가 그 위에 쟁반처럼 쌓인다.

바삭거리는 러스크에 흩뿌려진 흰 설탕은 입 안이 얼얼할 정도로 무척 달지만, 혀끝에는 요플레의 당도를 감지할 수 있을 만큼의 감각이 아직 남아 있다. 에이스크래커에 파인애플맛 요플레를 발라서, 먹는다. 무짠지를 고추장에 박아 놓듯이 담백한 크래커를 요플레에 담가 놓으면 잠시 후 요플레의 수분을 부지런히 빨아들인 크래커는 바삭거리는 완강함이 누그러져 부드럽게 맛이 있다.

초코다이제스티브는 이 온화한 맛에 안심하고 있던 혀를 강렬하게 일깨운다. 목이 막혀 부엌에서 보리차를 가져와야겠다고 생각하지만 그저 생각뿐이고, 손은 마법에라도 걸린 듯 자꾸만 다음 포장을 뜯고 있다. 오케이, 다음. 다음. 다음.

마치 방 전체가 소규모 쓰레기 소각로가 된 것처럼 온갖 포장으로 수북이 채워지고, 이마에 설탕을 하얗게 묻힌 채로 만주의 종이 상자에 뺨을 대고, 수미는 잠이 든다.

자신을 위로하는 단 하나의 세계에서.

병선

열 몇 번의 편지가 오가고 나자, 청춘 남녀는 서로 한없이 가까워졌다. 완전히 사랑에 빠진 것이다. 적어도 병선은 그렇게 생각했다.

병선은 수학 공부를 열심히 하기 시작해서 수학 선생 '미친개'의 미친 것 같은 매질이 어리둥절 깜짝 놀라 주춤주춤 사그라들 때까지 공부를 하였으며, 저녁상에 고기반찬이 올라오는 날이면 자기 몫의 절반을 점잖게 동생 명순에게 양보하고 아버지의 밥그릇에도 나머지 절반을 올리며 가족을 돌보느라 노고가 많으신바 좀 더 드시라고 했는데, 아쉽게도 그의 아버지는 사업 실패 후 집에서 빈둥거린 지 장장 사 년째를 맞이하고 있었기 때문에 아들의 효심과 성의를 도통 몰라주고 옹졸하게도 자신을 놀린다고 생각한 나머지 버럭 격노하여 상을 뒤엎어 버렸다.

그 엎은 상을 묵묵히 치운 병선은, 설거지는 제가 할 테니 어머니는 들어가 쉬시라고 다정히 말했다. 그 목소리에 어머니만은 드디어 아들이 철이 들었다며 감동받은 면이 없잖아 있었으니 거기까지만 했으면 좋았을걸, 그만, 불그죽죽한 태화 고무장갑을 끼고 설거지를 깨끗이 끝낸 그릇들을 건조대에 엎으면서 기분이 심하게 들뜬 나머지 어때요, 이만하면 저도 이담에 사랑받는 남편이 되겠죠 어쩌구 따위의 말을 뱉어 버리는 바람에 병선의 어머니는 암컷의 본능으로 자신의 새끼가 어린 수컷으로 성장해 그의 인생에서 최초의 암컷을 배신하고 다른 암컷으로 관심이 옮아 가는 그 피할 수 없는 순간이 왔다는 것을 알아채고 말았다.

어머니는 녹색 수세미를 마룻바닥에 장절하게 내던지고 아이고, 아이고오, 저놈이 벌써부터 어느 년 좋은 꼴을 보게 하려고 이리도 주책을 부리느냐, 네 얼굴을 보아 하니 늙은 어미랑 같이 살 생각은커녕 그년이랑 둘만 살고 이 어미를 버리려고 그러제, 다른 애들은 몰라도 속 깊은 너만은 그러지 않을 줄 알았더니 니가 표정이 변했구나, 어느 년이니 어느 년이야, 딱 얼굴만 봐도 그렇게 쓰여 있는 얼굴이라며 피티아의 무녀처럼 주절주절 아직 일어나지도 않은 일을 마구 예언하며 가슴을 탕탕 두드리고 옷섶을 쥐어뜯기까지 했다.

때문에 온 식구가 자초지종을 알지도 못한 채 싱크대 앞에 쓰러져 오열하는 모친과 덩그러니 그 앞에 서 있는 병선을 보고서는 두 번도 묻지 않고 설거지를 깨끗이 했어야지, 어머니가 저렇게 속상해하시잖니, 하고 무조건 병선을 나무랐으니, 병선은 어머니의 가사를 돕는 선행을 함으로써 어머니가 기뻐해 주길 바랐는데 난데없이 꾸중을 듣는 신세가 되자 매일 생에서 일어나는 것이 이런 부조리임을 알게 되어 당혹스러워지는 때가 종종 있었다.

사실 어리둥절할 일로 말할라치면 아직 편지로밖에 만나지 못했다 하더라도 백육십팔 센티에 사십팔 킬로, 사랑스럽고 다정하고 아름다운 그의 연인이 귀여운 카나리아처럼 규격 봉투에 사랑의 말을 담아서 매주 두 번씩 그에게 꼭꼭 보내는 것만큼 더 어리둥절한 일이 어디 있으랴.

어리둥절하기는 그의 친구들 또한 마찬가지였는데, 여느 때처럼 짓궂게 그를 툭툭 치며

"여보세요, 거기 병원이죠? 여기 병신 하나 있어요. 앰뷸런스 하나 보내 주세요!"

하고 유치한 장난을 치면

"아, 이 환자는 팔다리도 문제인데 요즘 심한 열병을 앓고 있는 것 같네요. 빨리 좀 와 주세요!"

하고 싱글싱글 춤을 추듯 그 농담에 합세해서 끝내 재미없게 만들어 버리곤 하는 데야 당할 수가 없었다.

날이 더워서 재가 미쳤나, 하는 날씨론이 잠시 대두했지만 아직 한여름은 아닌지라 더위 먹었다는 사람은 주변에서 눈 씻고 찾아도 없었고, 하여튼 일사병이나 열사병은 아니더라도 정신이 어딘가 희미해진 것이 틀림없다고 생각한 친구들은 늘 대책 없이 싱글거리는 그를 측은하게 바라보며 동정했다. 그러나 병선은 지금 이 세상에서 동정이라는 말이 가장 안 어울리는 열여덟 살 소년이었다.

그리고 동정하거나 동정을 받거나 하는 따위의 일을 하기에 그는 너무 바쁜 열여덟이기도 했다. 다음 편지를 기다리고 있을 그의 뮤즈에게, 또 영화 이야기를 들려주어야 했다. 지적이고 재미있으면서도 멋을 잃지 않는 그런 이야기를. 결코 웃지 않는 아름다운 공주에게 재미있는 이야기를 들려주기 위해 전국 방방곡곡에서 젊고 잘생긴 청년들이 몰려들었다던 저 유대의 동화처럼, 밀랍 인형처럼 차갑고 빳빳하며 아름다운 공주의 입술은 굳게 다물려 자신을 웃게 만들 단 한 명의 멋진 젊은이를 기다리고 있었던 것이다. 바로 그처럼! 그리고 그녀처럼!

무슨 이야기를 할까, 친구에게서 빌린 『키노』를 부지런히 넘기고 있는데 껄렁한 급우 한 무리가 스탠드에 앉아 있는 그를 둘러쌌다.

“뭐 하냐? 너 요즘 펜팔 한다며?”

“으……응.”

제대로 대답하기도 전에 이쪽으로 축구공을 걷어찼던 녀석이 편지를 빼앗았다.

“마틴 스코시즈? 택시 드라이버? 성난 황소? 타르콥스키? 야, 전병선. 이게 다 뭔 얘기야?”

“으응, 영화 얘기.”

“타르콥스키? 이건 어떤 시키냐?”

“여…… 영화감독이야.”

“뭐?”

“뭐라고 썼는지 좀 보자. …… 난 스탠리 큐브릭을 좋아해. 너도 그 영화 봤니? 와, 전병선 자기도 안 봐 놓고!”

“와! 이 새끼 말투 느끼한 것 봐. 여자 친구한테 존나 자랑하고 있는데? 어, 근데 이 새끼 봐. 존나 거짓말하고 있어. 너 주윤발 좋아하잖아. 어?”

“…….”

한참 품평을 하고 난 아이들은 꽥꽥 떠들며 다시 축구공을 몰고 가 버렸다.

스탠리 큐브릭? 타르콥스키? 흐흐. 병선은 어깨를 으쓱하고 웃었다. 그래, 내가 정말 좋아하는 건 프랜시스 포드 코폴라의 〈대부〉 시리즈지. 이것은 전작을 다 봤어. 하지만 〈대부〉보다도 좋아하는 영화가 있긴 있어. 아, 참! 물론 타르콥스키의 〈희생〉을 보다가 잠든 적이 있긴 하지만……. 어쨌든 처음에 이십 분 정도는 봤다고, 분명히. 그놈의 카메라 안에 잡힌 풍경이 도무지 바뀌지 않았기 때문에 기억을 못할 뿐이야, 하고 끊임없이 생각하면서도 병선은 편지를 와그작 구겨 버렸다.

그리고 병선은 다시 썼다. 초봄의 따가운 햇살에 눈이 부셔 얼굴을 찡그리면서, 몇 번이나 썼다 지우면서, 사랑하는 그녀에게, 썼다.

미안해, 사실 난 주윤발을 좋아해.

P.S. 타르콥스키 영화를 보다가 푹 잔 적이 있어…….

수미

그 구절을 보며 수미의 입가에는 저도 모르게 미소가 떠올랐다. 이런 순수한 남자 같으니라고.

미안해, 사실 난 주윤발을 좋아해.

P.S. 타르콥스키 영화를 보다가 푹 잔 적이 있어…….

괜찮다. 아무 상관 없었다. 주윤발의 트렌치코트라면 이 동네 오빠들도 너나 할 것 없이 입고 다녔고, 입 안에서 담배꽁초를 굴린답시고 입천장을 덴 바보 같은 오빠들 역시 한둘이 아니었다.

수미도 〈영웅본색〉 2탄에 나온 장국영에게 가슴 설렌 적 있었다. 눈이 움푹 파이고 코가 우뚝하고 하늘처럼 새파란 눈과 금실처럼 머리카락이 노란 서양 배우들은 상상의 연인으로 삼기에는 생김새가 너무 달랐기 때문에, 그녀도 톰 크루즈나 브래드 피트보다는 여명이니 임지령이니 곽부성이니 하는 검은 머리 검은 눈의 우수 어린 홍콩 배우들이 좋았다. 주윤발은 아저씨 같아서 상상의 연인으로 삼기엔 조금 무리였지만, 민준이 좋아한다면 자기도 얼마든지 좋아해 줄 용의가 있었다. 게다가 난 주윤발이 광고한 밀키스도 좋아하니까. 수미는 그렇게 쓰고, 잠깐 펜을 놓았다. 지금까지 타르콥스키 영화의 아름다움을 잔뜩 이야기하다가 사실은 주윤발을 좋아한다고 고백한 그의 편지가 너무 귀여워서, 괜히 몸이 꼬였다.

그런 진솔하고 귀여운 민준을 생각하자 왠지 목이 타서 가게에서 시원하고 달큰한 밀키스라도 하나 가져와 톡, 하는 맑은 소리와 함께 목을 간질이는 탄산의 맛을 느끼고 싶었지만, 수미는 지금 편의점 출입을 금지당한 상태였다.

새벽 다섯 시 반, 사장 부부가 졸린 눈을 비비고 나와 야간 근무조인 아르바이트 학생과 교대하는 그 시각에 ampm 남가좌동점이 그야말로 난리에 휩싸인 그날 이후였다.

재수하는 중이라는 진수는 도무지 그럴 능력도 의욕도 없어 보이는 키만 삐쭉 큰 남학생이었는데, 말로는 여기에서 하루 네 시간 일할 때 말고는 밥 한 톨 먹을 시간도 없이 대학 입시 공부에 매진하고 있노라고 했다. 그러나 그가 그 이야기를 하며 목에 힘을 주는 것은 오로지 편의점 큰딸 혜정이 눈앞에 있을 때뿐이었으며, 명문대에 다니는 동네 형 형철이 편의점에 들를 때면 그가 공부에 얼마나 열성을 기울이고 있는지, 그렇게 열의로써 공부하는 것이 얼마나 고통스러운 행위인지를 설명하는 목소리가 더욱 우렁우렁해졌다.

한번 잠들면 좀처럼 일어나지 못하는 버릇은 편의점 큰딸이나 작은딸이나 비슷했다. 혜정은 그때까지도 라디오에 귀 기울이는 자세로 카운터에 이마를 대고 잠들어 있었는데, 주황색 ampm 앞치마를 두른 진수가 어린 가젤을 바라보는 하이에나처럼 음흉한 눈으로 그녀를 달콤하게 바라보는 광경을 맞닥뜨렸을 때 사장과 그의 아내는 매우 불쾌해졌다.

진수는 사장 부부를 보고도 민망해하기는커녕 헤벌쭉 웃으며 엎어져 자는 혜정을 귀여워 죽겠다는 듯 손가락으로 가리켰다. 사장의 아내, 통칭 부사장은 그런 그녀를 함께 귀여워하는 건 고사하고 진수를 향한 불만을 한껏 담아 큰딸의 어깨를 거세게 두들겨 깨웠다. 이놈의 기집애, 다 큰 말만 한 것이 어디서 이렇게 함부로 엎어져 자는 거야.

우악스럽게 두들겨 깨워진 것도 정신이 얼얼한 데다 완전히 일어났는데도 어깨며 팔을 왁살스럽게 쥐어뜯는 손길에 짜증이 난 혜정이 눈을 비비며 아이, 엄마도 참, 나 일어났어요, 일어났다니까, 하며 엄마 손을 뿌리치자 부사장은 아랫것 앞에서 사장네 안 좋은 꼴을 보였다는 생각에 딸을 몇 번 꼬집어 주려고까지 생각했지만, 부사장과 딸의 잠깐 동안의 대치는 사장의 심상찮은 목소리에 곧 진압되었다.

"계산이 안 맞아."

진수와 사장 부부는 교대하면서 대개 그 시간에 정산을 해 왔다. 사장과 부사장과 사장의 큰딸은 반사적으로 진수를 쳐다보았다. 사장은 고작해야 열 평 남짓인 편의점을 몇 초도 안 돼 한 바퀴 돌았고, 과자와 아이스크림 진열대가 상당히 비어 있음을 알아챘다.

유제품 진열장에서도 비싼 요구르트 여러 개가 없어졌고 이 동네 사람들 중에서는 아무도 건드릴 엄두조차 내지 못하는 하겐다즈 냉동고까지 유린당해 있었다. 가게를 한번 휘둘러보고 피해 상황을 짐작한 사장은 입술을 떨며 진수의 입술을 바라보았고 부사장과 혜정도 홀린 듯이 진수의 입술을 바라보았는데, 물론 그들이 새벽 다섯 시 반에 갑자기 자연과 우주의 오묘한 조화로 성별을 막론하고 순식간에 진수에게 매혹당하여 모두들 그의 입술을 훔치고 싶은 열망에 재가 될 만큼 불타올라 버린 것은 당연히 아니고, 그다지 미덥지 않은 야간 아르바이트 남학생의 입가에 아이스크림이나 과자, 요구르트 등의 흔적이 있는지 알아내려는 집요한 눈길이었다.

의심받는 자 특유의 감각으로 자기가 지금 누명을 쓰고 있다는 것을 알아차린 진수는 길길이 날뛰었는데, 아크로바틱하면서도 드라마틱한 모션으로 계산대를 그 긴 다리로 껑충 뛰어넘은 다음 주황색 앞치마를 벗어 바닥에 내던지며 광분했다.

"여기서 내가 몇 푼이나 받는다고 겨우 먹는 것 갖고 사람이 사기를 치겠느냐. 도둑질을 하려면 화끈하게 하지!"

그러면서 퍼붓기를, 인간 이진수가 고작해야 요구르트랑 소시지를 뻔릴 정도로 그렇게 쪼잔한 사내처럼 보이시느냐, 그동안 사장님과 사모님, 아니 부사장님에게 보인 그 뜨거운 충정이 부끄럽다, 기타 등등, 기타 등등…….

사실 그가 사장과 부사장에게 부끄러워하며 거두어들일 만큼 뜨거운 충정이 과연 있었는지 사장 가족은 잠시 어리둥절했지만 당장 빤쓰라도 벗어 보일 듯이 자신의 결백을 주장하는 진수의 기세가 흡사 성령 기도회를 인도하는 부흥사처럼 열정적이었기에 어쩐지 진수가 대대로 그들 집에 충성해 온 우직한 심복처럼 느껴졌다.

사장 가족이 주춤하는 기세를 감지한 진수는 고삐를 늦추지 않고 계속해서 억울함을 부르짖었다. 유통 기한 지난 백 원짜리 요구르트 하나라도 쓰레기통에 버릴지언정 자기 입에 넣지 않았고 착복 따위는 꿈도 꿔 본 적이 없건만 어찌하여 온 가족이 작당해서 도둑 누명을 씌우시느냐, 시간당 겨우 천

오백 원을 받으면서 도둑 취급까지 받자니 이 원통이 하늘에 닿고 땅에 사무친다, 이 한을 천지신명께 풀어 달라겠다며 당장 목숨을 끊어 버릴 듯이 덤볐다.

다행히 편의점은 일 층이었기 때문에 투신을 하려 해도 그럴 만한 곳이 없었고 굳이 흉기 비슷한 걸 들자면 하드 냉동고에 검정 고무줄로 묶여 있는 병따개밖에 없었으며 혀를 깨물기엔 진수의 독기가 좀 부족했기 때문에 계산대 앞에서 잠시 대치 국면에 들어갔는데, 그 짧은 시간에 모든 진상을 밝혀 낸 것은 냉정하고 아름다운 편의점 집의 맏딸 혜정이었다. 바닥에 말라붙어 있는 요구르트와 없어진 요구르트의 종류가 일치한다는 사실을 알아낸 혜정은 이어서 그것을 밟고 지나간 발자국이 굉장히 친숙한 발자국이라는 것을 알아냈고, 희미한 요구르트 자국이 그들의 살림집으로 이어진다는 것도 알아차렸다.

사장 부부가 자진이나 할복 따위를 하지 못하도록 아르바이트 학생을 설득하는 동안 혜정은 발자국을 따라 현관에 다다랐다. 일주일에 한 번씩은 꼭 가죽 세정제를 묻혀서 부드러운 수건으로 닦아 신는, 십만 원이 훌쩍 넘는 운동화 뒤축이 사정없이 구겨진 것을 발견한 혜정은 순간 비명을 지를 뻔했지만 곧 마음을 다잡고 냉철하게 두뇌를 사용했다.

신발 밑바닥에는 예의 요구르트에 들어 있는 딸기가 말라 붙어 있었는데, 바로 그 시각 편의점에서는 비명 소리가 울려 퍼졌다. 사장과 부사장이 그 요구르트 자국에 미끄러져 차례로 넘어진 때문이었고, 그렇기 때문에 아직 밝혀지지 않은 범인을 향한 분노가 더욱 가중되었다. 혜정은 그 비명을 들으며 자기가 목숨처럼 아끼는 운동화를 이렇게 무신경하게 꺾어 신는 만용을 부릴 수 있는 자는 이 집에 단 한 명밖에 없다는 결론을 내렸다.

혜정이 노련한 탐정처럼 나름의 수사를 벌이는 동안 화가 머리끝까지 치민 채 서로를 부축하며 일어난 사장 부부는 비싼 돈 들여 설치한 폐쇄 회로 티브이는 무슨 가게 액세서리 하라고 설치했더냐, 바로 이럴 때 쓰라고 있는 거다, 라고 연신 고개를 끄덕이며 창고를 겸한 점장실로 향했다.

누군가는 접객을 해야 하는 것, 그것이 편의점의 숙명이었으므로 나름의 수사를 결론짓고 돌아온 혜정에게 완전히 카오스 상태에 빠진 진수를 조금이나마 진정시켜 카운터를 끝까지 지키게 하라고 엄중히 명했다. 손님은 언제 어느 상황에 올지 모르는 법이었다. 점장실 문을 닫은 사장 부부는 심장을 두근거리며 테이프를 앞으로 돌렸다. 리와인드 기능이 작동되는 몇 분이 몇 시간 같았다. 화면 왼쪽 상단의 하얀 자막이 열두 시 반을 가리키는 시점에서, 그들은 범인을 발견했다.

그 범인은 복면을 쓰지도, 흉기를 들지도, 검은 망토를 뒤집어쓰지도 않은, 그들이 너무나 잘 아는 인물이었다. 점장실에서 스프링처럼 튀어나온 사장 부부와 혜정은 피가 섞인 자들만이 아는 신호를 눈짓으로 교환했고, 하나로 똘똘 뭉쳐 단결한 온 가족은 아직도 깩깩깩 자신의 결백을 주장하고 있는 진수를 버려두고 대형 범죄 조직의 은신처를 덮치는 특수 기동대처럼 기세등등하게 작은딸의 방문 앞에 정렬하여 옛 선인들의 현명한 고언 한마디를 가슴에 새겼다. 그건 바로, 적은 내부에 있다는 거였다.

숨을 크게 들이쉬고 방문을 열자마자, 온 방에 흩어져 있는 소시지와 빵 껍질 더미가 쓰레기장처럼 신산스러워 부사장은 기겁을 했다. 사장은 방을 채운 식도락의 흔적을 재빠르게 훑으며 피해액을 계산했고, 혜정은 아끼는 운동화가 당한 재난을 생각하며 하얀 이마에 파르르 핏대를 세웠다.

가장 먼저 움직인 건 부사장이었다. 빵 껍질에 이마를 댄 채 잠든 수미의 팔을 잡아끌어 바닥에 동댕이치며 새된 소리로 악을 썼다.

"이년아, 우리가 언제 널 굶겼니, 응? 뭐 입맛이 없어서 저녁을 안 먹겠다더니 가게 걸 갖다가 국으로 처먹냐, 처먹길. 날이면 날마다 학교에 빵을 한 다스씩 가져다가 처먹으면서 뭐가 모자라서 멀쩡한 팔 것에까지 손을 대냐, 대길!"

어리바리하게 잠에서 깬 수미는 자기가 놓인 상황을 깨달았다.

어디로 도망칠 겨를도 없이 수미는 팔을 붙들려 거실로 끌려 나갔다. 이마에서 설탕 가루가 비듬처럼 우수수 떨어졌다.

"이년아, 먹고 싶으면 말을 하든가. 니가 도둑년이냐? 도둑년이야? 훔쳐서 처먹게. 에미 애비가 호강은 못 시켜도 언제 널 굶기더냐, 응? 니가 도둑년이냐 거지년이야?"

부사장의 걸쩍지근한 욕설은 꾸준히 강도가 더해졌다. 도둑 잡으려고 설치한 CCTV로 작은딸년을 잡아냈다는 부끄러움이 그녀의 분노에 기름을 부은 듯 활활, 갈수록 불타올랐다. 부사장은 시간이 흐를수록 힘이 나는지 욕설에 그치지 않고 급기야는 수미를 쾅쾅 쥐어박고 이년이 집안을 거덜 낼 년이네, 이런 오살을 할 년, 하며 욕설을 퍼부었는데, 그 욕설은 생고무처럼 질기고 싱싱하게 줄줄 이어져서, 이 집안 거덜을 낼 년이 날마다 빵을 그렇게나 떠안겨도 모자라서 팔 물건까지 작살을 낸다며 과거 구멍가게 시절 아장아장 걷던 유아 적에 캐러멜을 하나 집어 먹은 이야기까지 꺼내어 우려먹으며 수미의 주리를 틀었다.

더불어 제 양말짝 하나 안 빠는 주제에 집을 망하게 할 년, 네년이 나중에 시집을 간들 순갈 한 짝, 옷 한 벌을 해 줘서 보내나 보자며 악담은 다분히 미래 지향의 영역으로까지 나아갔다. 팔짱을 끼고 그 광경을 보고 있던 혜정은 네가 그러니까 살이 찌지, 하고 기어코 한마디 내뱉었는데 그 한마디는 사십육 킬로그램의 가냘픈 몸이 자신 있게 내뱉은 말이었으므로 수미의 기운이란 기운은 죄다 가뭄의 풀숲처럼 일제히 시들고 말았다.

계속 누군가 고함을 지르는 가운데 동이 트고 등교 시간이 가까워 오자 부사장의 매질은 서서히 수그러들었다. 늘 학교 가기 싫어 비비적대던 수미는 교육의 혜택을 받은 것을 복음처럼 반기며 시간표도 안 챙긴 책가방을 둘러메고 전속력으로 도망쳤다. 빵은커녕 도시락도 못 가져왔고, 맞은 자리가 욱신거려 찬물로 세수를 하고, 수도꼭지에 입을 대고 수돗물을 들이켰다. 어젯밤 벌인 연회 덕분에 배는 고프지 않았다. 그렇지만, 엄마의 손은 꽤 매웠다.

그 매를 온전히 맞음으로써 죗값을 다 치렀다고 여겼건만, 웬걸, 세상은 수미 생각처럼 호락호락하지 않았다. 가족도 마찬가지였다. 아버지는 지금 이 순간만은 네 아비가 아닌 한 사업체의 어엿한 사장으로서 말하겠다며, 네가 입힌 손실을 용돈에서 제할지 노동으로 갚을지 선택하라고 준엄히 말했다.

노동을 해서 손해액을 제하겠다며 선심 쓰듯 말했지만 편의점에서 일하기는 죽어도 싫었다. 나는 돼지처럼 훔쳐 먹었다가 그 훔쳐 먹은 걸 갚으려고 여기서 일하고 있습니다, 하고 부모가 그녀 이마에 써 붙여 놓을 것도 아닌데, 카운터에 쥐지은 채 서 있는 자신을 사십육 킬로그램에 가느다란 팔다리를 가진 언니가 쳐다보면 그 눈빛에는 보이고야 말 것 같았다. 흰 종이에 귤즙으로 쓴 글씨가 불을 쬐면 드러나듯이, 아무도 못 봐도 언니의 눈빛을 쬐면 이마에 글씨가 나타나고야 말 것 같았다. '나는 돼지처럼 훔쳐 먹었다가 그 훔쳐 먹은 걸 갚으려고 여기서 일하고 있습니다.'

게다가 더 부당한 것은, 아르바이트하는 진수와 혜정에게는 각각 천오백 원, 천육백 원씩 주면서 그녀에게는 나이도 어리고 일한 경험도 없고 하니 한 시간에 겨우 구백 원만 주겠다는 거였다.

시간당 구백 원! 잠도 자지 않고 학교도 가지 않고 하루 스물네 시간을 꼬박 일해도 수미의 시간에는 하루 이만 원 정도의 가치밖에 없다는 얘기였다. 아무리 도둑년이었지만 그녀는 예민한 도둑년이었다. 그래서 도둑년은, 호기롭게 말했다.

"내 용돈에서 까!"

호기의 첫맛은 매우 달았다. 그렇지만 그 열매는 썼다.

수미가 미처 고려하지 못한 것은, 꺾인 운동화 뒤축의 뼈아픈 원수를 잊지 않고 있는 혜정이었다. 혜정은 결연한 태도로 자식 시체를 들이대듯 운동화를 손에 들고 흔들며 이것도 응분의 대가를 치러야 한다고 주장했다.

어머니와 아버지는 동생이 그냥 철없이 한 일에 굳이 대가를 치러야겠느냐고 큰딸을 달래 봤지만, 큰딸의 태도는 무척이나 강경했다. 책임지는 버릇을 지금 이렇게 제대로 길러 놓지 않으면 앞으로 사회성이라곤 눈곱만큼도 없는 망나니로 자라나리라는 거였다.

딸을 망나니로 기르고 싶은 부모는 없었기에 덜컥 겁이 난 부모는 당장 찬성했고, 용돈에서 운동화 값까지 제하려니 수미는 적자가 나서 빚쟁이가 되었다. 수미는 할부로 좀 해 줘, 하고 모기만 한 소리로 말했지만 들은 척도 하지 않는 세 사람에게 두 번 세 번 말하려니 차마 목소리가 말이 되어 나와 주질 않았다. 생각 같아서는 카운터에서 잔돈푼이라도 훔쳐 내거나 엄마 쌈짓돈에서 단돈 천 원이라도 꺼내고 싶었지만 무허가 식도락을 즐긴 날부터 가족들 인식에는 '둘째 딸년=도둑년'으로 완전히 굳어졌는지, 수미의 눈 닿는 곳에는 백 원 동전 하나라도 무심코 굴러다니는 일이 없었다.

준비물이나 노트가 필요하다고 하면 단돈 삼백 원짜리 노트를 사면서도 영수증을 끊어 오라니, 창피스러운 건 둘째 치고 십 원 하나 빼돌릴 수가 없었다. 이건 너무 잔인하다고 눈물로 하소연하려 해도, 수미를 정직한 모범 시민으로 키우기 위해 구국의 결단을 내렸다는 듯한 온 식구의 사명감 투철한 태도에는 도무지 저항할 수가 없었다. 혜정이 엄마에게서 가불 받아 산, 그전 것과 색깔만 다른 새 운동화를 보면 더욱 속이 쓰렸다.

약이 오른 수미는 자기가 물어내기로 하고 새로 산 거니까 전에 신던 뒤축 꺾인 운동화는 나 줘, 하고 화도 내고 졸라도 봤지만 혜정은 코웃음도 안 치고 어머머 얘 좀 봐, 니가 그걸 니 돈 주고 사기라도 했다는 거니? 난 엄연히 피해자야, 하며 혀를 찼다.

며칠 지나자 유통 기한을 넘긴 빵 정도는 전처럼 내주었지만, 무허가 식도락이 남긴 가장 큰 문제는 우표 살 돈조차 없어져 버린 거였다. 미리 사 둔 우표가 석 장 있었지만 그것으로 끝이었다. 친구들에게 돈을 꿔서 우표를 사는 것도 한두 번이지, 그리고 우표만 있다고 편지가 가는 것도 아니었다.

지금까지 수미는 항상 꽃이나 곰이 그려진 향기 나는 예쁜 편지지와 편지 봉투에 정성 들여 편지를 썼다. 언제나 충분히 시간을 들여 반경 일 킬로미터 내의 문구점에서 가장 예쁜 편지지 세트를 골랐고, 민준도 지금까지 성의 없이 어른들이 장례식이나 결혼식에 사용하는 하얀 규격 봉투 따위에 편지를 넣어 보낸 적은 없었다. 민준이 보내오는 편지지는 보통 남자애의 안목이 아닌 신중히 고른 결과물이라는 것을 알 수 있었다. 그런 민준의 정성에 응하는 데 스프링 노트 같은 것을 찢어서 찍찍 갈겨쓸 수는 없었다. 주머니 사정 때문에 전전긍긍하는 동안 민준에게서 편지가 두 통이나 왔는데 나중에 온 편지는 왜 답장이 없는지, 혹시 무슨 일이라도 생겼는지 걱정스레 묻고 있었다.

최소한 일주일에 두 번, 많으면 서너 번씩 열렬하게 편지를 주고받던 지금까지에 견주어 보름 가까이 답장을 못했으니 애가 탈 법도 했다. 그가 얼마나 자기를 걱정할지 생각하면 수미는 오장육부가 타는 듯했다. 내 마음이 변했다고 생각하면 어떡하지?

짜증이 난 수미는 왜 집안 방침이 삐삐 따위 하나 가질 수 없는 건지 몹시 불만스러웠다. 쉬는 시간에 화장실에서 새치기하고도 모른 척 친구랑 깔깔거리며 떠들던 옆 반 얄미운 계집애를 대걸레로 반죽음이 되도록 패 주었고, 등굣길에 앞에서 길을 막고 소란스레 지나가던 중학생 서너 명에게 길 전세 냈냐며 짜증을 냈다. 그저 순수한 야수에 불과했던 수미가 이대로 가다간 완전히 훌륭한 고등학생 깡패가 될 판이었다.

은미는 더 이상 돈을 빌려주지 않았고, 그 밖에도 몇 명이 언제 갚을 거냐고 짜증을 냈다. 완전히 코너에 몰려 아침이면 난폭한 기세로 빵을 뜯고 저녁이면 부치지 못한 편지들을 부여안은 채 여고생 교복을 걸친 맹수로 변해 가는 친구를 보다 못한 은미는 쌓아 놓은 편지를 바라보며 시름에 젖어 땅이 꺼질 듯 한숨을 쉴 시간에 좀 더 건설적인 일을 하자고 권하면서, 오로지 사랑을 위해 약간의 악행을 저지르는 것은 하나님도 용서할 만한 일이라고 덧붙였는데, 쉽게 말하면 그렇게 빵만 뜯지 말고 삥을 뜯어 돈을 마련하자는 거였다.

그러잖아도 다소 탄수화물 과다였고 격정과 짜증에 휩싸여 사정없이 솟구치는 아드레날린 탓에 몹시 공격적인 상태가 되어 있던 수미는 에라 모르겠다, 될 대로 되라 자포자기한 심정으로 방과 후 은미가 주선한 옆 학교 여자애들과 합류했다. 은미와 수미보다 한 학년 높은 이 학년들이었는데, 교내 씨름 대회나 닭싸움에서 늘 일등을 차지하는 수미의 무력에 관해 평소 좋은 소문을 듣고 있다며 칭송해 마지않았다. 집에서 줄곧 도둑년 취급을 받던 차에 씨름으로든 뭐로든 칭찬을 받으니 기분이 나쁠 것 없었다.

여러모로 노련해 보이는 그 언니들을 따라 버스를 타고 조금 먼 곳에 있는 번화가까지 갔다. 혹시라도 자기 학교 학생주임들이 교외 지도를 하러 나와 있을 염려가 없는, 충분히 떨어져 있는 다소 뜬금없는 지역까지 가는 것이 초보 강도들에게는 불여튼튼으로 안전했다. 번화가라고까지 하긴 뭣하고, 대형 학원이 두세 군데 있어 패스트푸드점이 한두 개, 오락실 서너 개, 호프집과 분식집 대여섯 개가 그럭저럭 장사를 하고 있는 약간 붐비는 학원가였다.

목이 좋다는 곳에 모여 작전 회의라는 걸 하는데 시궁창 냄새와 취객들이 가로등에 갈겨 놓은 오줌 냄새, 간밤에 술 취한 사람들이 토해 놓은 아밀라아제의 시큼한 냄새가 잔뜩 섞인 토사물 속에서도 사정없이 로맨틱한 기분이 드는 것이 놀라웠다. 사랑하는 그이를 위해 도둑질까지 감행하다니, 이것이야말로 요즘 세상에 보기 드문 진정한 사랑이라는 생각에 가슴이 쿵쿵쿵 떰박질하고 이상하게 기분이 좋아졌다.

한없이 깨끗하고 청순한 소녀로서는 도저히 할 수 없는 금전 갈취까지 하다니, 정말이지 연인과 한순간이라도 함께 있기 위해 살인까지 감행한 테스에 필적할 만한 대모험이 아닌가. 운명은 나를 여기까지 내모는구나. 내 그이를 이렇게까지 사모하지 않았더라면 그저 평범한 계집아이로 지내면서 사랑에 대한 달콤한 꿈이나 꾸련만, 사랑이 나를 여기까지 내몰아 열일곱 소녀가 차마 할 수 없는 일까지 하게끔 떠미니, 어쩌겠는가, 운명의 부름에 응할 수밖에.

자기가 언니 운동화를 꺾어 신고 편의점에서 간식을 훔쳐 먹은 행동이 우표를 살 수 없는 것을 비롯해서 여차저차한 작금의 상황을 야기했다는 것은 까맣게 잊고, 모든 것이 결코 평범하지 않은 자신의 얄궂고 잔인한 운명 탓이라고 생각하며 교복 단추를 하나 풀고 달콤한 한숨을 내쉬는데, 이 학년들은 사랑의 한숨 따위는 아랑곳 않고 금품 갈취와 관련한 매뉴얼을 우격다짐으로 숙지시킨 뒤 골목으로 떠밀었다.

두리번거리다가 버스 정류장에서 터벅터벅 걸어오는 자그마한 남학생을 본 은미가 수미의 옆구리를 쿡 찔렀다. 과연 타깃으로 삼을 만한 만만한 남자애였다. 얼핏 조금 키가 큰 여자애로 착각할 만큼 나긋나긋한 어깨가 살짝만 겁을 주고 쥐어짜면 가진 건 다 내놓을 것 같았다.

팬시점을 겸한 대형 문구점이 있어서 각급 학교 학생들이 많이 왔다 갔다 하는 곳이지만, 비교적 주택가가 가까워서 은신할 만한 개미굴 같은 골목은 얼마든지 있었다. 그중에서도 제일 목이 좋은 골목에 자리 잡은 소녀들의 거미줄에 다소곳이 다가오는 먹잇감이 사정거리에 이르자, 수미는 행동을 개시하기로 하고 은미와 함께 튀어나가듯 남학생의 앞을 막아섰다.

수미도 오늘이 초짜였지만 낯선 교복을 입은 남학생도 입술을 바르르 떠는 것이 이런 일을 처음 당해 보는 것 같았다. 그 모습을 보니 용기가 더욱 하늘을 찔렀다. 벌써 두 번이나 사랑하는 그에게 편지를 쓰지 못했지 않은가? 은미 말대로라면 오늘 그들의 '빽'이 될 제물은 큼지막한 교복이 다소 우스꽝스러워 보이는 아이였는데, 일 학년? 아니면 이 학년일까? 앞으로 키가 클 것을 감안해서 부모가 헐렁한 교복을 맞춰 준 건 아닌 듯하고, 원래 검은색이었을 교복이 기묘한 회색 또는 쥐색으로 보일 만큼 빛바래 있었다.

특히 무릎과 엉덩이 부분이 반질반질하게 닳은 걸로 보면 형이나 선배 교복을 물려 입은 듯했다. 색깔 때문인지 착하고 작은 시골 쥐처럼 얌전해 보였고, 그 교복이 풍기는 소박한 인상에 패스트푸드점 같은 곳에서 마주치면 가무잡잡한 얼굴이 착해 보이는 남자애라고 호감을 느낄 수도 있었겠지만, 지금은 오직 녀석의 지갑 속에 돈이 얼마나 있을지, 어딘가 퀭하니 어벙해 보이는 만만한 얼굴이라는 생각만 들었다.

은미가 떡하니 앞을 가로막자 남자아이의 얼굴에 의아해하는 빛이 스쳤다. 수미는 배운 대로 큼, 하고 목을 가다듬은 뒤 을렀다. 혹시 어딘가의 학교 선생이 지나가면 어떡하지? 누가 내 모습을 보면 어떡하지? 수미는 떨리는 팔을 뒤로 돌려 숨겼다. 세게 보이려고 눈을 크게 치켜떴는데, 견적을 딱 보니 돈도 별로 없을 것 같고 이렇게 위협을 당한 적이 없는 것 같았다. 그래도, '여아 일언 중천금'인 법.

"야, 나 돈 좀 빌려줘!"

은미가 먼저 운을 뗐다.

"어…… 나 오늘 아버지 심부름 와서 돈 없어."

"그럼 차비만 좀 빌려줘. 나중에 갚을게."

"안 갚을 거잖아. 그리고 나 돈 없다니까."

"그럼 너 주머니 뒤져서 나오면 십 원에 한 대씩이다."

"내가 왜 돈 나온다고 너한테 맞아야 되는데?"

평소 달변가는 아니었던 은미가 발을 구르며 성을 냈다.

"아이 씨, 이 새끼가. 야, 니가 얘기해 봐!"

수미는 긴장한 것처럼 보이지 않으려고 뒤로 돌린 손을 꽉 쥐었다.

"야, 우리 같은 여자애들이 차비가 없어 터미널 같은 데서 자다가 큰일 나면 너도 경찰한테 벌 받아."

수미는 아무렇게나 주워섬겼지만 병선은 움찔했다.

"진짜 갚을 거야?"

"그래, 갚는다니까? 넌 진짜 이 위험한 시간에 여학생들 안전에 대해서 너무 무심한 것 같아."

"너네 어차피 갚을 것도 아니잖아."

"갚을게. 갚는다니까."

선배들이 돌아가며 한마디씩 말했다.

이제 다시 수미 차례였다. 수미는 덜덜 떨리는 한쪽 손을 다른 쪽 손으로 꽉 잡으며 남학생에게 물었다.

"지금 얼마나 있냐?"

선배들이 아까 삼십 분쯤 오리엔테이션을 해 줬지만, 실전에 들어오니 수미는 생각보다 더 긴장되었다.

"별로 없는데……."

남학생이 우물쭈물 대답했다. 이제 수미는 선배들이 펀치라인으로 쓰라던 대사를 썼다.

"뒤져서 걸리면 십 원에 몇 대랬지? 콱!"

작고 마른 그 남자애에게 선배들이 코치해 준 대로 꼭 갚겠다, 지금 형편이 좀 어렵다, 하고 사정도 해 보고 우격다짐도 하다가 겨우 오천 원을 얻어낸 수미는 망봐 준 선배 둘에게 한 장씩 총 이천 원을 주었다. 남은 돈으로 햄버거라도 하나 사 먹지 않을까 궁금해하며 미련을 버리지 못하는 은미에게는 츄파춥스 하나 물려 준 다음 막무가내로 떼어 놓고 집 근처로 돌아와 쏜살같이 문구점으로 향했다. 혹시라도 남학생이 신고할까 봐 불안했지만, 그보다 우표와 편지지가 먼저였다.

지난 보름 동안 사지는 못하고 주인이 의심스러운 눈으로 바라보고 손때가 탈 때까지 만지작거리면서, 차라리 훔쳐 올까 생각까지 했던 깜찍한 아기 곰 무늬 편지지. 그걸 살 생각에 가슴이 늘 뛰었다. 그러나 편지지를 훔쳐 봤자 우표까지 같이 훔치지 않으면 부칠 수도 없는데, 우표를 훔칠 자신은 없었다. 물론 우표를 붙이지 않고 보내면 수신자가 요금을 내게 되어 있다는 것 정도는 알았기 때문에, 실수인 척 한번 그렇게 보내 볼까 생각해 본 적도 있었다.

하지만 그동안 오간 편지로 봤을 때 차분하고 생각이 깊은 민준은 그녀의 그런 얕은 속셈을 다 알아차릴 것만 같았다. 미안하게도 모의고사를 준비하느라 시간이 도통 없었다거나 공부를 너무 열심히 해서 몸이 아팠다거나, 이런 핑계가 가장 적합할 것 같았다. 편지지와 우표 살 돈이 없어서 소식을 전하지 못했다는 말은 아무리 자존심이 없다 해도, 소녀라면 누구든 절대 할 수 없는 이야기였다.

수미

그동안 수미는 그 문구점을 드나들며 민준의 편지가 서너 번 넘게 왔는데 답장을 할 수가 없어 통통한 주먹으로 가슴을 쾅쾅 두드리곤 했다. 두 사람 모두 삐삐가 없었고, 충분히 친해지기 전에 선불리 전화 통화 같은 걸 해서 소중하게 키워가고 있는 이 관계를 물을 너무 많이 준 묘목처럼 성급하게 만들지 말자는 데 의견이 일치했기 때문에 편지 말고는 소식을 전할 도리가 없었다.

민준 오빠는 얼마나 나를 걱정할까?

수미 눈에는 이따금 눈물이 고였다. 그 눈물에는 답장 없는 자신을 포기하고 『스크린』의 펜팔란에 실린 다른 여자아이와 편지 왕래를 시작하진 않았을까, 하는 근심도 어느 정도 녹아 있었다.

시간이 갈수록 그런 불상사를 막게끔 얼른 소식을 전해야 한다는 생각에 이 문구점에서 편지지를 훔치기라도 해 볼까 싶어 여러 번 정탐을 왔지만, 곳곳에 CCTV가 설치되어 있다는 경고문도 위압적이거니와 매처럼 날카롭게 눈을 뜨고 선반 곳곳을 훑어보는 아르바이트생들의 눈매는 생명 없는 기계에 불과한 CCTV보다 더 위압적이었다.

'물건 훔치다 적발될 시 경찰에 즉시 신고하고 물건값의 열 배 배상'이라고 붉은 매직으로 써 있는 경고문이 겁나기도 했지만, 무엇보다 훔치다가 걸린다면 분명 부모님이 불려 올 테고, 그러면 저번 '나 홀로 편의점 연회 사건'에 이어 영영 도둑년으로 찍힐 것이었다. 하지만 오늘 생긴 이 돈, 아아, 고마운 이 돈. 그리 많은 건 아니지만 이 돈이라면 편지지를 사고 우표도 몇 장 살 수 있다. 물론 빠른우편은 안 되겠지만, 보통우편도 그리 늦는 건 아니다.

내 사랑은 기다려 줄 것이다. 지금까지 차분히 기다려 준 것처럼.

다행히 사랑스러운 아기 곰 편지지는 팔리지 않고 그 자리에서 수미를 기다려 주고 있었다. 돈을 치르고 낚아채듯 편지지를 건네받은 수미는 집까지 버스 세 정류장이나 되는 거리를 육상 선수처럼 한달음에 달려왔다.

음식물과 운동화에 대한 배상으로 몇 달 후의 용돈까지 차압당한 뒤로 언제나 똥 씹은 듯한 표정으로 빵 봉지를 잡아챌 때 말고는 시무룩한 분위기를 견지하고 있던 작은딸이 오랜만에 함빡 웃는 얼굴로 뛰어 들어와 "다녀왔습니다, 엄마, 아빠!" 인사하고는 마루에 앉아 텔레비전 드라마 재방송을 보며 오이 마사지를 하고 있는 혜정에게도 "오이가 잘 받나 보다, 언니. 아침보다 더 이뻐졌네." 공치사까지 하고 행복에 겨운 얼굴로 방문을 닫는 광경을 본 편의점 사장과 부사장은 드디어 그들의 작은딸이 철이 들었나 보다며 이만하면 버릇을 충분히 고쳐 놓은 것 같으니 그러잖아도 마음 아프게 생각하던 차압을 끝낼 의논을 했고, 혜정은 저년이 드디어 돌았나 보구나, 올 것이 왔구나, 하지만 내가 알 게 뭐람, 하고 남은 오이를 원수의 살이라도 씹는 듯 으드득 깨물어 먹었다.

세상에서 가장 행복한 편의점 작은딸은 펜을 뽑아 들고 그동안 아껴 두었던 밀어를 쏟아 놓았다. 편지지에 그려진 꿀단지를 든 아기 곰은 천진난만한 미소를 띠고, 꿀단지 속에 그 밀어를 꼭꼭 담아 한 방울도 남김없이 배달할 준비를 하고 있었다.

곰아, 곰아, 너는 내 맘을 아니. 나는 공부도 못하고 손재주도 꽝이지만 세상에서 제일 멋지고 다정한 남자 친구가 있단다. 그는 내게 이렇게 자주 편지를 보내 주지. 너는 좋겠구나,

나 대신 그의 얼굴을 볼 수 있어서.

수미는 아기 곰의 웃는 얼굴에 쪽 하고 입을 맞추었다.

이 키스를 그에게 전해 주렴.

우편이란 참으로, 사랑하기에 좋은 제도로구나.

병선

쌍년들, 멍멍이 같은 년들!

짧은 인생 동안 주워들은 온갖 추잡한 욕을 입 속으로 다 주워섬겨 봐도 도무지 분이 풀리질 않았다. 그도 그럴 것이, 이미 돈은 다 털렸으니.

애초에 환경 미화 핑계로 수업이 일찍 끝난 날 괜히 마음이 들떠 버스까지 타고 시내의 대형 문구점까지 간 게 잘못이었다. 그날따라 정성이 뻗쳤는지, 동네 문방구를 세 군데나 뒤져 봐도 맘에 드는 편지지가 없었던 까닭이다. 그런 사소한 일에 너무 신경 쓰는 것이 계집애스럽다는 생각을 그도 안 한 게 아니었지만, 참을 수 없이 사랑스러운 그녀에게 보낼 사연을 아무 데나 적고 싶진 않았다.

나의 마돈나, 나의 그레트헨, 나의 베아트리체이며 나의 연인, 나의 공주님은 벌써 한 달 가까이 답장이 없었다. 병선은 그녀가 일방적으로 자신을 차 버리는 이른바 '잠수'라는 방법으로 찼을지도 모른다는 생각은 꿈에도 못했고, 아프거나 무슨 일이 있는 거라고 굳게 믿었다. 그래서 그녀가 어떤 상황에 놓여 있든 그녀를 위로하기 위해 더더욱 깜찍하고 어여쁜 종이에 쓴 사랑의 말을 보내어 목마른 사람이 촉촉한 과실을 먹고 힘을 내듯 조금이라도 힘이 될 수 있기를 바랐다. 그녀는 그런 사랑의 말을 받아 볼 자격이 있다. 왜냐하면 그녀는 이 세상 단 하나뿐인 나의 연인이니까. 그런 연유로 모처럼 버스를 타고 멀리까지 갔는데, 그 낯선 불여우 같은 년들에게 걸릴 게 뭐란 말인가.

얼른 지나치려 했지만 염색을 한 머리에 담배까지 뻑뻑 피워 대고 있는 불량스러운 여학생 무리 너덧이 갑자기 달려들었기 때문에, 그로서는 고스란히 털리는 것 말고는 다른 방법이 없었다. 여자애를 때려눕히는 것도 문제지만 덤벼들었다가 얻어맞기라도 하면! 거기까지는 상상조차 하고 싶지 않았다. 그냥 다소곳이 털리는 편이 나았다.

더군다나 뻔뻔스럽게 돈 좀 빌려 달라고 말하던 키 큰 계집애의 투포환 또는 씨름 선수 같은 땅땅한 덩치는 어떻고! 얼굴이 덜 삭은 걸로 봐서는 그와 같은 학년이거나 잘해야 일 학년일 텐데, 키는 그와 비슷하고 어깨는 오히려 그보다 더

넓은 것 같았다.

세상에, 그 거대한 몸집이라니! 팔씨름을 하더라도 보통 남자아이는 가뿐히 이겨 낼 듯한 튼실한 팔뚝에 통나무처럼 굵직한 허리통은 우악스럽기까지 했다. 오십오 킬로그램이 될까 말까 한 그가 이겨 낼 수 있을 만한 상대가 아니었다.

아아, 그래도 그렇지, 내가 계집애들에게 가진 걸 싹 다 털리다니. 친구들이 알면 비웃느라 바쁠 일이고, 부모님은 당신들의 아들이 깡패 계집애들에게 돈을 빼앗기는 사내로 성장하고 있다는 사실을 알면 서로 먼저 머리를 싸매고 자리보전하느라 바쁠 것이다. 그 역시 창피스러운 마음에 드러누워 버리고 싶은 마음이 간절했지만 그럴 수는 없었다. 그 돼지 같은 계집애들의 앞날에 저주 있으라!

굳이 그가 저주하지 않더라도 그 계집애들을 사랑할 남자 따위, 한 명도 있을 성싶지 않았다. 그거면 충분한 저주 아닌가. 돌계집으로 평생을 늙어 버리라지. 병선은 악담을 퍼부었다. 특히 볼살이 심술맞게 투실투실 찐, 투포환 또는 씨름 선수 같은 그 계집애, 그따위 몰골로 소녀라는 생물 중의 하나로 편입되어 있다니, 그건 소녀라는 단어에 대한 심각하고도 치명적인 모독처럼 느껴졌다. 그건 가냘프고 새하얀 비둘기와 날기도 귀찮아 어기적어기적 걸어 다니며 간밤에 취객들이 거리 곳곳에 뱉어 놓은 토사물을 게걸스레 쪼아 먹는 더럽고 커다란 살진 회색 비둘기를 둘 다 같은 비둘기라고 말하는 것처럼 부당한 형국이었다.

순간 병선은 초희가 떠올라 가슴이 철렁했다. 요즘 여자 친구 생겼냐고, 얼굴이 왜 이리 환해졌냐고 장난 삼아 묻는 학우들에게 절세미인은 아니지만 사랑스러운 여고생 걸프렌드가 생겼다고 자기도 모르게 주책스레 자랑하고 말았던 것이다.

세상의 어떤 거친 진흙도 발 하나 다쳐 보지 못하게 했을 것 같은 그의 소녀가 부디 저런 괴물들과 섞이는 일이 없기를, 저런 계집애들이 혹여 그의 소녀의 영민함과 고결함, 아름다움과 순수함을 질투하여 괴롭히거나 해치는 일이 없기를 그는 하늘의 별을 보며 진지하게 빌었다. 하나님, 부처님, 알라신, 그리고 조로아스터 님이시여, 저의 귀한 소녀를 저런 악의 무리가 해치지 않도록 하옵소서. 간단한 기도를 마치자 갑자기 화가 치밀었다.

"근데 그 살진 비둘기 같은 년들이 도대체 나를 얼마나 만만하게 본 거야!"

병선은 악이 받쳐 소리치곤 화장실로 가서 거울을 들여다보았다. 백열등 불빛을 받아 조금 허옇게 떠 보이지만 살갗은 약간 가무잡잡하고 눈꼬리가 처져서, 아무리 잘 봐 줘도 고작해야 "얘 화나면 조금 무섭겠는데? 근데 화내면 귀엽겠다." 이상으로는 위압적인 분위기를 눈을 씻고 찾으려야 찾을 길이 없었다.

눈썹이라도 송충이처럼 새카맣고 촘촘하다면 모르겠지만, 약간 듬성듬성하게 난 덕분에 인상이 다소 흐릿하기까지 했다. 더구나 그 위에 덧씌워진 안경은 모범생 같은 유약한 이미지를 더욱 공고히 했는데, 실제로 공부나 엄청나게 잘하면 억울하지나 않을 것을, 분한 노릇이었다. 초희에게 보낸 편지에는 수학에 미분에 적분이 어쩌고 했지만 실은 안경알의 두께와 성적이 꼭 비례하지만은 않는다는 것의 증거라는 놀림을 종종 받았고, 만화 영화 〈영심이〉의 영심이 남자 친구 경태라는 놀림을 하도 받아 어깨를 살짝 움츠리고 다닌 탓에 키가 더 작아 보였고, 선생님들은 그런 그를 보면 지휘봉으로 허리 아래를 쿡쿡 찌르며 "허리 펴, 허리!" 하고 지적해 주었지만 그때뿐이었다.

병선의 약간 두터운 입술은 그가 정말이지 남자답게 생긴 입술이라고 그의 생김새 중 가장 자신하는 부위였지만, 역시 위풍당당함과는 거리가 먼 자그마한 체격 때문에 그 입술이라든가 선이 꽤 굵직한 코가 전혀 두드러져 보이질 않으니 억울하고 원통하기 짝이 없는 노릇이었다. 또래들 중에는 교생 선생님들을 설레게 할 만큼 큰 키와 농구로 단련된 근육으로 벌써부터 사내의 향기를 풍기는 녀석들도 몇 있는데, 병선은 아무래도 병아리에서 크다 만 '중닭' 같은 느낌을 풍겼다.

게다가 이 교복은 어떻고? 이 교복이야말로 모든 것의 원흉, '중닭스러운' 느낌의 핵심이라고 병선은 생각했다. 고등학교를 졸업하고 지방 대학에 진학했으며 어느덧 군 제대를 앞두고 있는 형이 입던 것이니 나름대로 꽤나 역사가 깊은 물건이었다.

하지만 물건 중에서 역사가 깊어 좋은 건 고려청자나 조선백자나 비싼 족자나 뭐 그런 값나가는 물건일 경우지, 낡은 교복 따위 아무리 역사가 깊어 봐야 창피스러울 따름이었다. 큰형이 다닌 고등학교에 배정됐을 때 부모님은 한 형제가 같은 학교 선후배가 되었다는 것도 깊은 인연이라며 흐뭇해했지만, 실은 이십만 원이나 하는 교복 값을 아낄 수 있어서 그 기쁨이 한층 더했다는 건 막냇동생도 알았다.

그러잖아도 벽장 안에서 오랫동안 조용히 숨죽이고 기다리고 있는 그 우중충한 교복이 언젠가는 제 것이 되지 않을까 하는 두려움에 다른 학군으로 이사 가서 저걸 입을 날이 영영 오지 않기를 바랐건만 운명은 여간해서는 친절하지 않은 법, 형처럼 키가 쑥쑥 자라서 그 낡은 교복이 꼭 맞기라도 했으면 그나마 위로가 됐을 것이다. 형은 고1 때 백칠십팔 센티미터에 육박했고 중학교 때 이미 귀찮은 쓰레기 분리수거하듯 동정까지 처리해 버렸지만 그는 여러 면에서 형과는 별로 닮지 않은 모양이었다.

십 센티미터 넘게 차이 나는 키 때문에 헐렁한 교복을 입혀 놓고 요리조리 뜯어보던 엄마가 손수 줄여 주마고 했지만 키가 자라면 어떡해, 그때 또 늘릴 순 없잖아, 하며 그는 한사코 사양했다. 그리고 그 교복에 팔다리를 꿰어 등교하고 또 하교했는데 그 모양은 솔직히 말해, 우스꽝스러웠다. 더구나 그냥 품이나 길이만 큰 거라면 상관없으련만 학교에서 지정한 교복 천의 질이 한창 안 좋던 시절이라 무릎이며 팔꿈치며 목깃이 윤이 나도록 반들반들 닳은 데다 전체적으로 본래 무슨 색이었는지 도무지 알 수 없을 만큼 빛이 바랜 교복이었다.

아직 일 학년일 때 다른 아이들의 새 교복은 모두 먹물처럼 새까맸는데, 그 사이에 회색 인간처럼 바랜 모습을 하고 있자니 왠지 혼자만 신입생이 아닌 것 같았다. 자신의 기대대로 키가 자라 주지 않은 탓에 병선은 승복처럼 회색으로 바랜 교복을 그대로 입고 이 학년이 되고 말았다.

수업 시간에 가끔 선생님들이 농으로 거기 너, 혼자 다른 학교 교복 입은 놈, 하고 그를 가리킬 때면 쥐구멍에라도 들어가고 싶은 심정이었다. 하긴 빛바랜 빛깔은 쥐색이니까, 쥐구멍에 들어간다면 썩 잘 어울릴지도 모를 노릇이었다.

이 교복을 입기만 하면 언제나 거지라도 된 듯 스스로가 몹시 초라하게 느껴졌는데, 학생 신분인 관계로 하루 열 몇 시간 넘도록 교복을 입고 있어야 했으니 하루에 절반이 넘는 시간을 초라한 기분으로 지내는 셈이었다.

그 계집애들도 이런 남루한 모습 때문에 그를 만만하게 여겼을 거라고 생각하니 분한 마음에 손이 덜덜 떨릴 지경이었다. 더구나 요즘 귀여운 애인과 그는 머잖아 만날 의논을 하던 중이 아닌가. 이 교복을 입고 그녀를 만날 생각을 하면 정신이 번쩍 들었다. 허여멀건한 시궁쥐 같은 몰골을 하고 대망의 애인과 첫 대면을 하기는 죽어도 싫었다. 앞으로 그녀는 그를 떠올릴 때 영원히 이 교복을 떠올릴 게 아닌가.

그때 어머니가 그의 방문을 두드렸는데, 근심으로 깊게 찌푸려 있던 이맛살을 보톡스라도 맞은 듯 단숨에 탱탱하게 당겨 주는 그런 소식을 전하러 온 터였다. 그것인즉슨, "니 청바지 사 왔다!"라는 위로와 구원과 복음의 말씀이었다.

웬일인가, 그동안 주부 습진에 걸릴 만큼 해 댄 설거지가 드디어 어머니의 마음을 움직여 이쯤에서 아들을 향한 사랑을 한번 물질로 증명할 필요가 있다고 결심하게끔 만든 걸까. 병선은 날듯이 안방으로 건너가면서 멋있고 쿨한 새 청바지를 상상했다. 뭘까? 리바이스? 겟 유즈드? 게스? 캘빈 클라인? 마리떼 프랑소와 저버? 안전지대? 스톰?

요즘 유행하는, 트렁크 팬티의 허리 밴드 부분에 써 있는 로고를 보여 줄 정도로 헐렁한 청바지를 내려 입는 건 아무리 다들 그렇게 한다 해도 그의 취향이 전혀 아니었지만, 적당히 헐렁한 청바지라면 열렬히 입어 줄 용의가 있었다. 통이 약간 만 넓은 그런 힙합풍 청바지라면 위에 깨끗한 흰 티셔츠 하나만 걸쳐 줘도 남부럽지 않게 스마트해 보일 자신이 있었다.

그러나 웬걸, 어머니가 사 온 청바지라는 것은 통이 젓가락처럼 좁았으며, 당장이라도 전영록이 입고 브이 자를 그릴 것 같았고, 마이클 잭슨이 문워크로 걸어가 이 청바지로 갈아입고 “Billie Jean~” 하며 다시 문워크로 걸어가도 전혀 어색하지 않을 듯한 디자인이었으며, 상표에는 ‘티피코시’라고 쓰여 있었다.

어머니의 채근에 어쩔 수 없이 청바지를 입어 봤지만 적당히 발등을 덮는 맵시는 고사하고 발목 위로 한없이 깡충한 밑단 때문에 하얀 양말에 찍힌 빨간색 BYC 상표까지 확연히 드러났다. 이건 아니야, 이건 아니야 하고 신음하고 싶었지만 어머니는 큰 상을 기다리듯 의기양양한 표정으로 “어때, 마음에 드니?” 하고 물었다.

그는 차마 대답을 못하고 우물쭈물 서 있었다. 그의 침묵을 기쁨에 못 이긴 것으로 오해한 어머니는 아주 멋지다고, 우리 아들이 이렇게나 미남이라고 마구 추어올린 뒤 계획적으로 며칠 전부터 쌓아 놓은 사흘 치 설거지를 일임했으며, 묵묵히 설거지를 하는 그의 눈썹 뼈에는 좌절이 깊게 내려앉아 있었다.

바야흐로 게스, 겟 유즈드, 마리떼 프랑소와 저버의 시대였던 것이다. 수세미로 아무리 접시를 문질러도 발목 위로 깡충한 티피코시를 입고 여자아이의 호감을 살 자신은 도무지 생겨나질 않았다. 이거야 원, 장동건이라도, 김원준이라도, 정우성이라도 이 청바지를 입고는 매력적으로 보일 수 없을 거라고 그는 확신했다.

긴 노역이 끝난 뒤 그는 앞으로도 수많은 저녁의 설거지를 약조하는 담보물로서 방 안에 불길하게 자리한 청바지를 아무렇게나 접어 벽장 안에 쑤셔 박았다. 도저히 이건 안 되겠다. 아름다운 연인을 처음 마주하는 자리에 문워크로 걸어 들어갈 순 없었다. 어머니에게 하염없이 기뻐하는 얼굴을 지어 보이기가 몹시 힘겨웠다. 그렇다고 이제 나이도 있는데 동생처럼 이거 안 입어! 하고 방바닥에 집어 던질 수도 없는 노릇이었다. 손의 물기를 말끔히 닦고 책상 앞에 경건한 자세로 앉은 병선은 읽지 않고 아껴 둔 귀여운 곰무늬 편지지를 한 줄 한 줄 손가락으로 짚어 가며 읽었다.

주윤발이 어때서요? 나도 밀키스를 좋아하는걸요.

슬픈 것 같기도 하고 기쁜 것 같기도 한 이상한 기분. 가슴이 조여 오기도 하고 부풀어 오르기도 하는 희한한 느낌이 마음속에서 스크류바처럼 뒤엉키며 뛰놀았다.

밀키스라, 그녀는 미인일 뿐만 아니라 깜찍한 재치도 있다! 그동안 편지가 뜸해서 혹시 마음이 변한 건 아닐까, 은근히 걱정했는데 웬걸, 그녀는 눈코 뜰 새도 없이 바빴다고 한다. 피아노는 칭찬받으면서 치는 것도 일이 년이지 집에 온 손님들이 자꾸 피아노 쳐 보라고 하는 거나 콩쿠르에 나가서 상 받아 오는 거나 다 그게 그거 같고 너무 지겨워서 더 이상 치기 싫었는데, 음악 선생님이 너 아니면 누가 있냐고 살살 달래다가 급기야는 선생 체면 하나 세워 주기가 그렇게 어렵냐고 끝내 역정까지 내서 울며 겨자 먹기로 이번 꼭 한 번만이라는 약속을 하고 시 대항 합창 대회의 반주자를 맡은 데다가, 학교 대표로 영어 듣기 대회에 참가해야 했고 과학 올림피아드와 모의고사까지 겹치는 통에 지난 보름은 어떻게 숨을 쉬고 밥을 먹었는지도 모르게 지나갔다는 것이다.

대충 이런 내용이 미안함을 담뿍 담아 곰무늬 편지지를 가득 채우고 있었는데, 오 달링, 이런 이유라면 당신은 나에게 미안할 필요가 전혀 없어요, 왜냐하면 사랑은 미안하다고 말하는 게 아니니까, 하고 병선은 만족스러운 한숨을 내쉬었다. 이런 이유라면 전혀 유감스러울 게 없었다.

더욱이 그녀는 너무나 송구하다는 듯, 그 바쁜 와중에도 줄곧 그를 생각했다지 않은가. 또한 그의 탁월함을 잘 아는 그녀로서는 그에게도 이렇게 남들의 성화 때문에 바쁜 일이 얼마든지 있을 줄 잘 안다. 그리하여 어쩔 수 없이 글월을 자주 주고받지 못하는 슬픈 상황이 닥치더라도 서로를 향한 그리움만은 꾸준히 키워 나가자고 굳은 약조를 하고 있었다.

거기에 대한 병선의 의견을 묻는다면, 물론 오케이다. 병선은 어쩔 수 없이 달력을 뜯어서 네모반듯하게 접은 뒤 모서리를 커터로 반듯하게 잘라내 거기에 볼펜으로 눌러쓰기 시작했다. 내달리는 생각의 속도를 펜이 따라가지 못해 자꾸 주춤거렸다. 그대의 찬연한 재능에 세상이 그대를 가만두지 않으니 재능도 세상도 탓할 것이 없노라. 나 역시 그대에게 뒤떨어지지 않는 남자의 길을 걸으리라.

아아, 그러나 남자의 길은 멀었다.

키가 크려면 곰국이 최고, 라는 〈6시 내 고향〉인가 뭔가 하는 프로그램을 유심히 보고 "엄마, 요즘 헛헛한데 곰국이라도 좀 해 먹으면 안 될까?" 물었더니 "니가 뭐 그리 신통한 짓을 한다고 곰국씩이나 끓여 바치라는 거냐!" 어머니에게 빈축만 샀다. 〈6시 내 고향〉 말고 '엄마의 내 고향'에서는 곰국 같은 건 취급하지 않는 모양이었다.

억울했다. 일등만이 곰국을 먹을 수 있는 세상이었다. 반 이십 등의 성적에는, 뿌연 색깔을 내려고 프림을 잔뜩 넣은 가짜 설렁탕조차 과분한 세상이었다. 곰국 덕분에 자랄 수 있는 십 센티미터를 어머니의 성의 부족으로 가만히 앉아서 잃어버린 것 같은 기분이 들었을 때—엄마들은 자기를 향한 원망은 귀신같이 알아채는 법이다—어머니가 빽 내지르는 소리가 들려왔다.

"클 때 되면 어련히 클까 봐. 그렇게 조바심을 내면 클 것도 안 큰다!"

조바심도 내선 안 된다니, 이건 너무 부당하다. 형은 왜 어벙한 머리만 물려주고 키는 물려주지 않았담. 이것도 못지않게 부당하다. 애들은 자는 동안 큰다지. 그의 능력 범위 안에서 실행할 수 있는 민간요법은 잠을 많이 자는 것뿐이었기 때문에 그는 일찌감치 이불을 목까지 끌어 올려 덮었다. 그리고 빌었다. 이 세상의 모든 고약한 저주가 그 고약한 계집애들과 함께하기를, 평생 연애도 섹스도 못해 보고 늙어 죽기를. 그날 저녁 치의 모든 애정과 감수성과 정성을 갈퀴로 박박 긁어모아 우체통에 던졌기 때문에 그는 쉽게 잠이 들었다.

수미

"아니, 뭐 이런 새끼들이 다 있어?"

편지를 펼쳐 든 수미의 눈에 눈물까지 고여 반짝거렸다. 늘 붙어 다니는 은미가 좀처럼 보기 힘든 그 모습에 깜짝 놀라 수미의 얼굴을 힐끔거렸다.

"야, 왜 그래? 너네 서방님 무슨 일 있대?"

수미는 몸을 홱 돌렸다.

"몰라!"

그럴수록 은미는 더 애가 타는 모양이었다. 하다못해 좋아하는 교회 오빠, 동네 오빠 하나 없는 은미는 온 학교가 시끄럽도록 열애 중인 수미 곁에 바짝 붙어서 수미의 연애를 마치 간접 흡연처럼, 곁불 쬐듯 즐기는 형국이었다. 보고 또 봐도 수미의 책상 서랍 안에 차곡차곡 쌓이는 열렬한 사랑의 흔적은 언제나 은미의 감탄을 자아냈고, 수미의 웃음은 은미의 웃음 같았으며, 수미의 슬픔은 은미의 가슴마저 철렁 내려앉게 했다.

"너네 체육 시간에 또 이렇게 둘이 빼먹고 몰래 교실에 있으면 어떡해. 자꾸 이러면 선생님한테 말씀드릴 수밖에 없어."

엄한 목소리의 반장 수진이 체육복 차림으로 둘을 찾으러 왔지만 수미는 두려울 것이 없었다. 편지지에 얼굴을 박고 있던 수미는 고개만 겨우 들고서 목소리를 깔았다.

"아아, 꼰지르게? 네 맘대로 해 봐."

그 말에 수진이 입술을 살짝 깨물었다. 은미가 느릿느릿 일어나서 을러댔다.

"우린 지금 생리 중이라서 체육 못한다고오. 몇 번을 말해. 반장, 우리가 피범벅 돼서 저기 뜀틀에다 온통 피를 묻혀야 반장은 속이 시원하겠냐? 응?"

"글쎄 너네는 무슨 생리를 한 달에 세 번씩이나 하냐고. 그리고 왜 항상 같이 해? 짰어?"

"특이 체질이다, 왜? 불만 있어? 친한 애들끼리는 생리 주기가 같아지잖아. 생명의 신비 아니냐. 그리고 네가 잘 모르는 모양인데, 미국에선 여자들이 한 달에 막 세 번씩 생리하구 그래."

수진의 가느다란 턱이 바르르 떨렸다. 턱만 가느다란 게 아니었다. 등허리에서 흔들리는 머리카락도 갈라진 데 하나 없이 매끈하게 가늘었고, 교복 위로 길게 뻗은 목도 가늘었고, 남자 선생님들이 갖은 심부름을 시켜 가며 음흉하게 한번 만져 보고 싶어 하는 손목도 가늘었고, 굽 하나 없이 납작한 실내화를 신어도 알 하나 없이 젓가락처럼 매끈한 다리와 그 아래의 발목도 가늘었으며, 눈을 살짝 찡그리며 시중에 파는 교복 치마가 너무 커서 자꾸 돌아간다고 하루에도 몇 번씩 옷핀을 고쳐 꽂아야 하는 허리도 가늘었다.

저 가느다란 목을, 확 꺾어 놓고 싶다는, 갑작스레 잔혹한 충동이 찾아들어 수미가 힐끗 바라보자 영 심상치 않은 이쪽의 눈초리를 감지했는지 수진은 작게 한숨을 내쉬며 돌아섰다. 물론 반장의 위신이 있어 조그만 소리로 투덜거렸지만 그만하면 일이 커지지 않고 얌전히 넘어간 편이었다.

"너네…… 다 알어. 그리고 너네가 이러면 혼나는 건 나니까 앞으로 좀 자중해."

수미는 대답 대신 피식 웃었다.

"재는 꼭 교감처럼 말하네."

옆에서 은미가 빈 책상을 발로 툭툭 차며 툴툴거렸다.

"저년이 반주자면 다야? 요번에 음악이 사정사정해 가지고 합창 대회 반주자 시켰다더라. 다 생긴 것 땜에 그러지, 뭐. 뭐

랬대는지 알어? 자긴 피아노 치는 것도 지겹대, 인제. 교장이 그렇게 콩쿠르 나가라고 해도 자기는 콩쿠르 나가는 것도, 다 같은 얼굴이 나와서 그게 그거인 상을 받는 것도 인제 지겹댄다. 야, 예능 잘하면 수학 과학 못한다고 누가 그랬냐? 재 과학 올림피아드도 학교 대표로 뽑힌 거 봐 봐. 세상이 진짜 불공평하지 않냐? 아 씨, 진짜…….”

펜팔란 따위를 들여다보지 않아도 수진은 2주가 멀다 하고 이웃 학교 남학생들에게서 사귀고 싶다는 간절한 청이 담긴 편지를 받았다. 그러면 수진은 언제나 마치 더러운 걸 건네받은 듯 읽어 보지도 않고 돌려주면서 '지금은 학생의 본분에 충실해야 할 때'라고 생각한다며 뒤도 돌아보지 않고 가 버렸다. 그래서 인근 남학생들에게 늘 '얼음공주'라고 불렸다. 그 호칭에는 놀리거나 비꼬는 뜻은 전혀 없었고, 오직 아무도 못 오를 나무라는 의미로 존경과 경탄이 담겨 있었다.

수미나 은미 같은 소녀들은 그런 호칭을 몹시도 원했지만, 아마 그들에게 첫 번째 남학생이 나타나 편지를 건네주었다면 그것을 돌려주기는커녕 당장 뜯어 보지 않고는 못 배겼을 것이다. 도대체 수진은 어떤 극기의 삶을 살고 있길래 킹카로 소문난 B남고의 전교 학생 회장 오빠의 편지까지 거절할 수 있을까!

수진은 성적도 전교에서 일이 등을 다투었지만 사생 대회에서도 상을 받지 않고 넘어간 적이 없었고, 독후감 등 글짓기 대회에서도 시별 대항전에까지 나가 상을 받아 왔으며, 육상 대회에서도 입상을 했다. 그리고 상장과 함께 주는 조악한 상품들, 이를테면 공책이니 학용품 세트니 하는 것을 같은 반 친구들과 아낌없이 나눠 가져 인망도 좋았다. 영화배우 위노나 라이더를 닮은 하얀 얼굴에 항상 늦게까지 공부하느라 커다란 눈 밑에 그늘이 지지 않는 날이 없었지만 그것 역시 위노나 라이더의 특징이라 더욱 닮아 보였고, 마치 짙은 화장을 한 것처럼 매력적으로 보였다. 바람이 조금만 세게 불어도 금세 넘어질 듯 한들한들 걸어가는 수진의 뒷모습에 눈을 접착제처럼 고정한 수미는, 정말 불공평하다고 생각했다. 내가 수진 같은 외모와 내용물을 가졌다면, 민준에게 당장 만나자고 할 텐데.

아, 참! 가엾은 민준 오빠.

수미의 머리는 다시 민준에게 닥친 불행으로 옮겨 갔다. 아아, 민준이 겪어야만 했던 불행도 너무나 불공평한 일이었다. 수미의 눈가가 다시 붉어졌다. 텔레비전에서 수해 등의 재해를 겪어 비참한 생활을 하는 어린아이들이 엄마, 엄마를 찾으며 서럽게 울어 대는 가엾은 모습을 보여 주면서 후원 전화번

호를 계속 자막으로 내보낼 때도 태평한 얼굴로 과자를 집어 먹으며 눈 하나 깜짝하지 않는 수미가 누군가를 위해 눈시울을 붉히다니!

마치 연애 시뮬레이션 게임을 하는 기분으로 될 수 있는 한 이 간접 연애를 흠뻑 즐기고 싶은 은미가 무슨 일이냐고 거듭 채근했지만, 수미는 입을 꾹 다물고 앞부분 몇 줄만 남은 편지를 봉투에 집어넣었다. 급하게 접다가 빳빳한 달력 종이에 손을 살짝 베였지만 아프지 않았다. 입으로 한번 쓱 핥고 끝이었다. 어서 사건의 전말을 알고 싶은 마음이 굴뚝같았으나, 민준에게 닥친 불행을 동정하고 안타까움에 발을 동동 구르고 마침내 그를 위로하는 달콤한 고통은 오로지 제 것으로만, 오직 자신만의 특권으로 남겨 놓고 싶었다. 수미 혼자만의 것이었다. 민준이 전해 주는 기쁨도, 슬픔도.

수미는 편지를 가방에 챙겨 넣고 일어섰다.

"야, 너, 내 책상에 있는 빵 다 먹어. 나 어디 좀 갔다 올게."

"담탱이가 너 어디 갔냐 물어보면 뭐라 그래?"

"생리통 약 받으러 갔다 그래. 뭘 묻고 그러냐!"

은미와 떨어져 혼자가 되었지만 아직은 민준의 편지를 열어 볼 마음이 나지 않았다. 완전히 혼자가 되고서야, 제사를 지내거나 어떤 종교 의식을 치르듯 은밀하고 합당한 예를 갖추고서야 그 편지를 열어야 할 것 같았다.

칼로리도 소모할 겸 뒤뜰을 이리저리 걷다가 3교시에는 교실로 들어갈 셈이었다. 얼른 살이 빠졌으면 좋겠다. 수미는 걸음을 더 빨리했다. 걸음은 얼마든지 마음대로 빨리 걸을 수 있었지만 수업이 끝나는 것만큼은 마음대로 할 수가 없어서, 교복 등판이 땀에 젖도록 뒤뜰을 거닐고 남은 수업 시간 내내 책상 밑에서 실내화 밑바닥이 닳을 정도로 발을 마룻바닥에 비비적대고 발을 수천 번쯤은 동동거렸을 때, 드디어 수업이 끝났다.

집에 돌아온 수미는 방으로 들어가 봉투를 열고 빳빳한 달력 종이를 꺼냈다. 베인 손가락은 아물기만 기다리면 되는 가벼운 상처였다. 달력 종이라, 새로운 유행인가? 그보다는 남자 친구가 당한 극심한 재난과 연관이 있었으니, 평소 병선은 결코 이렇게 과장하는 성격이 아니었지만 일생에 몇 번 겪어 본 적 없는 모욕적인 사태를 겪고, 또한 첫사랑이라는 달콤한 시간을 즐기던 중 알지도 못하는 이들이 흙발로 방해하여 그만 마음이 격해질 수밖에 없는 것이니 부디 독자 여러분도 혜량하시길. 감정에 복받쳐 써 내려간 병선, 아니 민준의 침통하고도 의연한 글월 내용은 다음과 같다.

누구보다도 소중한 나의 희야에게

송구스럽게도 지난 달력 뒷장에 나의 근황을 적어 보내는 것을 부디 용서하길 바라오. 이 사정을 말하려 할 것 같으면 꽤나 길지만, 나의 희야가 궁금해할 것 같아 부끄러움을 딛고 이 이야기를 합니다.

바야흐로 사랑스러운 그대에게 보낼 사연을 적을 편지지와 그것을 그대에게 데려다주는 데 꼭 필요한 우표를 사러 가던 길이었소. 뉘엿뉘엿 해가 지는 어스름한 시각이라 품행 방정한 학생이 외출하기에는 부적절한 시각이었음을 내 알고도 남음이 있으나 한시라도 빨리 그대에게 내 마음을 보내고 싶은 생각에 발걸음을 재촉해 시내의 한 대형 문구점으로 향했지 뭐요.

그 문구점에는 그대에게 바치는 내 마음에 흡족할 만한 다양한 편지지가 구비되어 있다는 한 동무의 우정 어린 충고 때문이었소. 그런데 이게 웬일인가, 불한당은 언제 어디에나 창궐하는 법, 하필이면 그대를 생각하며 바삐 발걸음을 옮기던 내 앞에 사회의 정의와 선을 위협하는 그 음지의 무리가 골목에서 나를 위협하며 금품을 요구하는 것이 아니겠소.

그러나 내가 가진 금품은 다른 것이 아니요, 바로 사랑하는 그대에게 보낼 사연을 실어 갈 편지지 일체를 살 돈이니, 어찌 그것을 그대로 속된 것들에게 선불리 빼앗기겠소. 내 누구보다 평화를 사랑하는 사나이지마는 그들의 부당한 요구와 협박에 굴하지 않고 헌헌장부답게 당당히 맞섰고, 그대를 생각하며 마땅히 죽음을 각오하고 범강장달이처럼 달려드니 불한당들도 삽시간에 뒤로 서너 발짝 물러섰소.

이 모든 용기가 바로 소중한 그대를 위해서이거늘, 갑자기 뒤통수에서 딱 하는 시원스러운 소리와 둔탁한 충격이 느껴지니, 아무리 강인한 이 몸이라 해도 후두부를 흉기로 갑작스레 강타 당하고는 당해낼 재간이 없었소. 깨어나 보니 옆에 피 묻은 벽돌이 뒹굴고 있고 지갑이 온데간데없었으니, 원컨대 내 심장의 주인인 그대여, 그대만이 나를 꾸짖을 자격이 있으니 나를 마음껏 나무라 주시오. 이렇게 조잡스럽게도 달력 뒷장에 서신을 적어 보내니, 어여쁜 것만 봐야 하는 그대에게 이렇게 누런 소가 그려진 축협 달력 뒷면에 몇 자 적어 보내는 것이 매우 민망할 따름이오.

추신.

근자에 우리가 얼굴에 얼굴을 맞대고 만날 논의를 하고 있었으나, 피차 이 나라의 기둥 된 청소년으로서 여러모로 많은 책임이 주어진 바 너무 서두르지 않아야 한다는 것은 우리 둘 다 동의한 것으로, 굳건한 우리 마음이 훼절하지 않을 줄 믿소. 아마도 첫눈이 내릴 즈음이 우리의 만남에 적시가 아닐까 하는데, 그대의 생각은 어떤지 알려 주길 바라오.

그대의 민준으로부터

만날 날이 미뤄진 것은 수미도 찬성이었다. 사실 수미는 학교에서 그다지 기대받는 학생이 아니기 때문에 별다른 책임이나 맡겨진 일도 없었지만, 민준에게는 학교의 기대주인 양 여러 역할을 맡고 있는 것처럼 거짓말을 했다. 민준이 학교의 기대주인 것 같아서, 그의 수준에 맞추고 싶었기 때문이었다.

편지가 제법 오가면서 그들은 언제쯤 만날지 오래 의논해 왔는데, 그러는 동안 수미는 여러 가지 다이어트에 도전했다가 계속 실패했다. 계란과 자몽, 쇠고기 스테이크 따위를 먹는 덴마크 다이어트를 시도하려고 했을 때는 엄마가 그 비싼 자몽을 도대체 몇 개를 사 달라는 거냐며 등짝을 때렸고, 언니는 경멸 어린 시선을 던졌다.

"나가서 좀 뛰어!"

살이 찐 탓에 달리면 몸이 출렁거리는 사람이라면 일단 몸무게를 좀 줄여야 운동을 할 수 있는 이 마음을, 비쩍 마른 사람이 어떻게 안단 말인가. 그다음은 황제 다이어트. 밥이나 빵 같은 탄수화물을 먹지 않고 고기만 먹는 것인데, 고기만 먹을 수는 없으니 일단 밥을 안 먹는 것으로 했다가 일주일 뒤 몸이 자꾸만 밥을 부르기에 어느 날 새벽 자다 일어나 밥통을 끌어안고 김치와 고추장을 부어 썩썩 비벼서 다 먹어 치운 덕에 다시금 엄마에게 등짝을 맞았지만, 등짝에도 더덕더덕 살이 붙어 있었기 때문에 그다지 아프진 않았다.

편의점과 이어진 가정집에 사는 통통한 소녀가 자제력을 발휘하기란 얼마나 힘든지! 계절별로 나오는 맛난 음식들과 과자, 아이스크림 신상품 때문에 다이어트는 험난했다. 다만 첫눈이 오려면 아직 몇 달이나 남았다. 그때까지는 엄정화가 했다는 감자 다이어트니 김희선이 했다는 벌꿀 다이어트니 하는 것을 해 볼 수 있을 것이다. 줄넘기를 하라는 충고도 받았지만 줄넘기를 하면 온몸의 살이 위아래로 출렁거려 토할 것만 같았고, 제대로 된 스포츠 브라가 없어서 가슴까지 흔들려 누구에게 호소할 수도 없는 통증에 울 것 같았다.

그래, 이 모습으로 민준을 만날 수는 없다. 그렇다면 과연, 어떻게 하면 좋을까?

사람들은 마음만 굳게 먹으면 된다고 하지만, 도대체 어떻게 마음을 굳게 먹는단 말인가? 수미는 2차 성징기에 살이 갑자기 올라서 튼 자국이 있는 통통한 허벅지와 굵직한 팔뚝을 바라보며 이 살을 잘 드는 칼로 베어 내 버리고 싶다는 생각을 했다. 아, 이것들을 다 베어 냈으면. 어디서 마취제를 구해다 이 살을 베어 낼 수만 있다면. 삐쩍 말라서 고민인 사람들에게 나눠 줄 수만 있다면 좋겠는데 이 살은 아무에게도 도움이 되지 않는다.

어쨌거나 수미는 달력 종이 뒤에 유려한 글씨체로 적어 내려간 사연을 몇 번이나 되풀이해 읽으며 한숨을 내쉬었다. 아아, 간특한 무리 같으니. 어찌 그 천한 것들이 하필이면 귀하고 귀한 내 남자 친구를 골라 뒤통수를 후려갈겼단 말인가, 이런 주리를 틀 것들 같으니!

그래도 살아나서 정말 다행이다. 수미의 눈가가 촉촉해졌다. 나에게 써 보낼 편지지를 사기 위해 그가 이런 위험을 무릅쓸 필요는 없다. 나에게는 이런 달력 뒷장도, 축협이든 수협이든 농협이든 무어든 상관없다. 이렇게 넓은 여백에 그의 글씨가 하늘의 별처럼 이렇게나 많이 들어 있는 게 가장 반가우니까. 이번 답장에 반드시 그렇게 써야지. 수미는 병선, 아니 '축협'이라는 글자 뒤에서 어딘가 겸연쩍은 표정을 하고 있는 누렁소나 진흙 더미를 코로 파헤치고 있는 돼지가 그려진 달력 종이가 모진 매를 맞은 연인의 뒤통수라도 되는 양 살며시 감싸 안았다. 자칫하면 호오, 호, 하고 따스한 입김까지 불어 줄 태세였다.

첫눈이 내릴 때라……. 지금은 어느새 이마에 찔끔찔끔 진땀이 묻어나는 유월 초, 더위가 한창 기승을 부리려고 차곡차곡 준비하는 계절이다. 그 말은, 살을 빼기에 더할 나위 없이 좋은 계절이라는 뜻과도 같다고 수미는 생각했다. 엄마들이 사우나에 가면 일이 킬로그램은 금세 빠진다고 좋아하는 모습을 하루이틀 본 게 아니었다. 물론 식혜 한두 잔을 마시면 금방 되돌아온다고 어머 어머, 하면서 툴툴거리는 모습도 안

본 건 아니지만 나는 식혜를 안 마시면 되고, 사우나에 드나들 돈은 없지만 여름이라는 계절은 매일매일이 무료 사우나와도 같으니, 신이 있다면 내 편이라는 의미. 그러니 일이 킬로그램 정도 빠지는 것은 일도 아닐 것이다.

더구나 날고기도 프라이팬 위에 얹으면 쪼그라들던데, 사람 살이야말로 날고기가 맞지 않은가. 또한 삼투압 현상이라는 것도 있고……. 삼투압이니 어쩌니 잘 모르는 이야기까지 끌어들이며 수미는 계속 믿음을 공고히 했으니, 그건 물론 병선, 아니 민준과 만나기로 한 첫눈이 올 때까지는 자기가 늘씬한 미인이 되어 있으리라는 신념에 관한 것이었다. 삼투압뿐 아니라 만조 현상이든 라부아지에든, 질량 보존의 법칙만 빼고는 마다하지 않고 죄다 끌어들여서라도 확신하고야 말 기세였다. 그러지 않고서는, 첫눈이 내릴 때 남자 중의 남자이자 고교생 중의 고교생인 남자 친구 옆에 나란히 설 염치 따위, 도저히 없을 노릇이었다.

아직 시간이 많으니까, 첫눈이 올 때쯤엔 언니의 EnC 미니스커트를 빌리자. 44 사이즈를 넘으면 맞지 않는 것으로 유명한 그 브랜드 말이다.

언젠가 엄마가 옷 사라고 돈을 주었을 때 그 화사한 디자인에 반해 쇼윈도를 한참 흘끔거리다가 매장 안으로 들어가 둘러보려는데, 이쑤시개처럼 마른 점원이 겉으로는 친절한 미소를 지으며 "손님, 저희 매장엔 손님 사이즈가 없으실 것 같은데요……." 했었지. 실은 "당장 나가, 이 뚱땡이야!"를 아주 에둘러 표현한 말이었다. 값도 솔찮게 비싸니, 내가 44 사이즈가 되더라도 언니 것을 빌리는 수밖에 없다.

물론 선선히 빌려주진 않겠지만 언니의 의견과 상관없이 그냥 빌리면 된다. 날씬한 다리를 강조해 주는 에나멜 소재의 반짝반짝하고 새까만 검정 부츠를 신고. 이 부츠도 언니 것이지만 미니스커트를 해결할 때 같이 처리하면 된다. 포근하고 따스한 코트에 새하얀 목도리를 두른 채 둘이서 겨울 거리를 산책하는 것이다.

눈송이가 그의 어깨에 내려앉으면 나는 벙어리장갑을 낀 손으로 어깨에 쌓인 눈을 살살 털어 줄 테다. 최근 텔레비전에서 주로 최진실과 김희선을 주연으로 하여 신세대 대상으로 유행하는 미니 시리즈와 순정 만화를 짬짜면처럼 적당히 섞어 놓은 듯한 미래를 조금 일찍 당겨 상상의 나래 속에서 실컷 누리며 수미는 황홀한 마음으로 편지를 정성껏 접어 비밀 장소에 넣었다.

비밀 장소라고 해서 금괴 백 톤이 들었다거나 뭐 그런 대단한 곳이 아니고, 이가 군데군데 빠졌지만 그동안 꼬박꼬박 낸 월부 책값이 아까워 엄마가 버리지를 못하는 대백과 사전과 세계 명작 전집 등이 꽂혀 있는 낡은 책장 뒤쪽이었다.

다른 말로 하면, 아무도 들추어 보지 않는 곳이므로 비밀 장소로 맞춤한 곳이었다. 안전하긴 해도 소중한 사랑의 결실인 편지들에 소복이 고운 먼지가 쌓이는 건 뼈아픈 희생이었지만, 다른 곳에 놔두었다간 호기심 많은 언니의 콘도르처럼 날카로운 눈길에서 무사하리라는 보장이 없었다. 사춘기 딸을 빈틈없이 단속하겠답시고 툭하면 일기를 뒤지다가 들켰던 엄마도 제외하진 않았다. 앙증맞은 자물쇠가 달린 조그만 일기장을 사다 일기를 썼더니 엄마는 그 자물쇠를 기어이 망치를 가져다 부숴 버렸다.

도대체, 도대체 왜! 부모들은 자식들의 모든 사생활과 모든 감정을 다 파악하는 것이 자신들의 의무이자 권리라고 생각하는 걸까! 역시 비밀을 감추는 데는 이 무거운 책장밖에 없었다.

어쨌거나 그건 나중 일이고, 어느 날 어스름한 시간에 귀가할 때 집 앞에서 익숙한 목소리가 들려왔다. 주로 "냉장고에 넣어 둔 우유 네가 다 마셨지! 이 돼지!"라든가 "밥 좀 흘리지 말고 제대로 뜨랬잖아! 지저분한 년." "너 목욕탕 쓰고 머리카락 치우랬어, 안 치우랬어! 아우, 드러워." 따위의 문장을 카랑카랑하게 발음할 때 종종 듣던 목소리였다.

그러나 금속 탐지기를 사용한 것처럼 파악해 본 결과, 그 목소리에는 단 0.0001퍼센트의 쇳소리도 함유되어 있지 않아 처음에는 다른 사람인 줄 알았다. 그런데 담장 아래 서서 소곤소곤 속살거리는 그 목소리의 주인공은 웬걸, 뒤축이 멀쩡한 나이키 운동화를 신고 있었다. 꿈에라도 잊힐리야, 용돈에서 다달이 공제당하고 있는 비싸디비싼 그 운동화였다. 용돈 넉 달 치를 쓰다 달다 말도 없이 널름 집어삼킨, 바로 그 운동화! 그리고 그 운동화를 신은 사람은 당연히 지금 신은 신발 말고도 뒤축이 슬쩍 꺾인 흔적이 있지만 거의 새것인, 색깔만 다른 운동화를 현관 신발장에 하나 더 갖고 있는 그 여자였다. 그 여자가 까르르 웃는 소리가 났다. 아니, 나, 우리 언니랑 배다른 자매라도 되나? 수미는 태어나서 처음으로 자기 혈통을 의심했다. 우리, 한배에서 나온 것 맞아?

수미는 같은 씨에서 발아하긴 했으되 저 간드러지는 목소리를 낼 수 있는 여자와 자기가 한 혈통이라는 사실을 믿을 수 없었다. 그렇지 않고서야, 어딘가 유전자의 고리에서 결정적으로 다른 항목이 없는데도 혼자만 저런 재능을 타고났다면 그건 정말이지 무서운 일 아닌가. 그도 그럴 것이, 아니 이건, 말 그대로 남자의 마음을 간질이는 웃음소리였다. 맨날 혜정에게서 "얼른 이불 개, 이년아!" "창문 열어!" "물 떠 와!" "라면 좀 끓여, 기집애야!" 하는 고함 소리만 들어온 터라 그 목소리에 저런 식의 고슬고슬한 음향 기능이 있는 줄은 꿈에도 몰랐다.

뒷집과 이어진 담 아래 서 있는 두 사람의 자세는 주말 드라마나 미니 시리즈에서 고대로 보고 연습이라도 한 것 같은, 말하자면 '다정한 연인들이 담벼락을 면했을 때 마땅히 취해야 할 기본자세 1' 같은 거였다. 여자는 남자를 살며시 올려다보고, 남자는 언제든 여자의 몸에 팔을 두르거나 입을 맞출 만반의 준비가 되어 있는 그런 자세. 단, 발기 여부는 고려하지 않음.

목소리만 들어도 어떤 남자든 굳건하게 발기해 버릴 정도로, 갓 지은 햅쌀밥처럼 고슬고슬하고 착 감겨 붙는 그 목소리는 "나 가게서 일하다 나와서 지금 들어가 봐야 돼." 하고 말했지만 실제로 들어가겠다는 의지는 전혀 없이, 그렇다고 자기를 이대로 보내면 '넌 완전 병신 쪼다인 거 알지?' 이런 투였다. 그러나 상대는 그 점을 전혀 눈치채지 못한 듯 허둥거리면서 전심전력으로 혜정의 귀가를 저지했다.

"너네 부모님, 솔직히 좀 너무하신 것 같아. 금지옥엽 귀한 딸을 왜 가게에 내보내서 일을 시키시냐, 시키시길. 너처럼 예쁜 애를 밖으로 내돌렸다 큰일 나면 어쩌려고. 겁도 없으신가 봐. 정말 너무하신다."

남자의 눈빛은 혜정이 안쓰러워 죽겠다는 듯이 촉촉했다.

혜정은 다시 까르르, 웃었다.

"누가 오빠 말 들으면 내가 어디 술집에라도 나가는 줄 알겠다."

남자는 고개를 약간 숙이고는 침울하게 말했다.

"물론 그런 건 아니지만……. 네가 고생하는 거 생각하면 너무 마음이 아파서."

"오빠 나 괜찮아, 진짜!"

"난…… 만약 너 같은 딸 낳으면 절대 그런 일 안 시킬 거야."

수미는 기가 찼다. 편의점에서 일하는 게 뭐가 어때서! 그 핑계로 언니가 현금 출납기를 얼마나 털어 가는데! 딴 데 취직하면 상사며 다른 사람들 눈치 봐야 하는 게 싫어서 자기가 왕으로 일할 수 있는 데서 일하는 거잖아!

수미가 듣는 줄 알 리 없는 혜정은 가녀리면서도 명랑한 목소리를 냈다. 가난한 집안에 태어나 예쁜 얼굴 말고는 아무런 가진 것도 없지만 내심 그것을 믿고(절대 표 내지 않는다. 그걸 표 내는 순간 끝장이니까), 어떤 역경이 닥쳐도 굽히지 않으며 외로워도 슬퍼도 남자 주인공의 눈이 닿지 않는 곳에서는 절대 울지 않는 씩씩하고 밝은 미니 시리즈의 잡초 스타일 여주인공 같은 얼굴로, 궂은일을 하며 고생하는 그녀의 모습을 보고 안타까워하는 재벌 2세 앞에서 짐짓 밝게 말하는 경우의 예문 1

처럼 말했다.

"오빠, 나 정말루 하나두 안 힘들어."

혜정은 배시시 웃으며 가느다란 팔로 뽀빠이 흉내까지 내 보였다.

"오빠가 몰라서 그렇지, 혜정이 힘세다?"

그러셔? 난 혜정이를 먼지 나게 때리고 싶네. 수미는 이마를 찌푸렸다. 하긴, 신고 있는 '쓰레빠' 벗어서 나 팰 때 보면 정말 힘이 세지. 아마 오빠는 그런 거 죽어도 모를걸? 특히 저 가녀린 손에 번개처럼 '쓰레빠'가 들리는 광경 같은 건 말이야. "야, 이년아!" 하고 엄청난 데시벨로 카랑카랑하게 고함치는 것도 말이지.

근데 저놈의 오빠가 대체 누구야? 혜정의 본색을 알 리 없는 '오빠'는 한 손으로 여자의 허리를 감싸 안고 다른 한 손으로는 연인의 조그만 턱을 들어 올리는 '다정한 연인들의 키스 직전 형태 1'의 자세를 취했다. 그때 마침 지나가던 택시 전조등에 두 사람의 얼굴이 드러났다. 마악 키스하려는 그 입술은 분명히, 랭보의 시라도 외듯 '카메라 베리테'를 읊조리던 입술이었다. 형철은 교본대로 하는 게 아니라 명문대생답게 응용동작을 사용했는데, 여느 청년들처럼 곧장 성급하게 입술로 돌진하지 않고 손으로 혜정의 턱을 받쳐 든 채 애절하게 중얼거리는 것이었다.

"바보…… 바보…… 니가 힘이 뭐가 세다고……."

그러고는 마치 입을 맞출 것처럼 얼굴을 기울이다가 감정이 복받친다는 듯 혜정을 와락 끌어안아 버렸다. 그 순간 혜정의 얼굴에는 분명 '쳇, 이 쪼다!' 하는 표정이 스쳐 지나갔지만 형철은 책임을 많이 지고 있는 연인의 가녀린 어깨에 얼굴을 파묻은 채 바보, 바보나 되풀이하느라 그런 건 물론 알지 못했다. 혜정은 곧 형철의 어깨를 토닥거렸다.

"난 괜찮아. 아무렇지도 않은걸?"

형철을 달래는 모습이 어찌나 자연스러운지 수미는 입을 딱 벌리고 놀랐다. 10.0! 굳이 흠을 잡자면 여염집 처녀치고는 다 큰 총각을 위로하는 모양새가 지나치게 능숙해 보인다는 것 정도였다. 고사리처럼 작고 가냘픈 손으로 청년의 듬직한 어깨를 두드리며 혜정은 말을 이었다.

"오빠, 난 진짜 괜찮아. 부모님이 뼈가 빠져라 고생하시는데 동생은 저렇고. 휴, 걔 좀 그런 거 오빠도 알잖아. 그러니까 나라도 부모님한테 힘이 되어 드리려는 거야……."

아니, 여기서 갑자기 내가 왜 나오며, 내가 뭐가 어떻게 그런가 하고 수미는 어리둥절했다. 그 이유를 혼자서 찬찬히 규명해 보거나 "야, 이 과년한 연놈들이 어두컴컴한 골목에서 뭐가 어째?" 하고 수미가 튀어나가기도 전에 형철의 격정이 먼저였다. 여전히 그는 혜정의 깊이 파인 쇄골에 얼굴을 묻은 채 크게 외쳤다.

"하지만, 하지만, 네가 휴학을 하면서까지!"

드디어 그는 고개를 들어 그득 고여 있는 눈물이 당장이라도 흘러내릴 듯 번들거리는 눈으로 혜정을 바라보았다.

"그건…… 니 희생이 너무 커! 집안을 위해서 이렇게까지 널 희생하는 건……."

에엥? 얘기가 어쩌다 그렇게 되어 가나? 수미는 형철이 수미네 집의 가정 상황을 도대체 어떤 인과 관계에 따라 이해하고 있는 것인지 계산해 보느라 얼굴을 찌푸렸다.

어차피 ampm 편의점의 온 가족은 또래슈퍼였을 때부터, 아니 그전부터도 별로 공부 머리를 가진 사람들은 아니었다. 차라리 상재(商才)가 있다면 있을까. 그런 집안의 맏딸답게 계산이 빠른 혜정은 자신의 학력고사 점수를 냉정한 태도로 분석해 그 점수로 입학할 수 있는 최선의 대학, 괜찮은 전문대의 원예학과에 들어갔다. 포카리스웨트 광고에 나오는 것처럼 소매 없는 흰 원피스를 차려입고 청순의 극치가 인간으로 화한 듯한 모습으로 자전거를 타고서 밀짚모자로 태양을 가린 채 부엽토와 씨앗을 사다 나르고, 자그마한 물뿌리개로 예쁜 허브 밭에 물을 주는 자신의 모습을 상상하면서. 그러다가 몇 달 안 되어 혜정은 날이면 날마다 흙 파는 것도 지쳤고 지렁이와 빈번하게 마주치는 것도 지쳤으며 반반한 놈도 하나 없다고 짜증을 내다가 마침내 재수하겠다는 핑계로 휴학을 했지만, 언제부터인지 재수는 슬그머니 없는 이야기가 되었고, 그래서 오늘의 혜정이 있는 것이다.

말 그대로, 놀고 있는 것이다. 아, 편의점에서 일하긴 하지, 하루 서너 시간 정도. 그런데 형철은 그 서너 시간이 죽기보다 견디기 힘든 모양이었다. 그는 혜정이 일하다 나오느라 두르고 있는 주황색 ampm 앞치마를 차마 못 볼 것을 본다는 듯, 헤스터 프린의 가슴에 달린 주홍색 A 자를 보듯 입술을 떨면서 뚫어져라 바라보았다.

"게다가 이 일은 일도 너무 힘들고! 아……, 난 너무 무력해. 넌 어쩜 이렇게 착하니."

힘이라. 하루 두 번 본사 트럭에서 물건을 내리고 올리는 그 모든 일은, 아마 형철은 모르겠지만 야간 아르바이트 직원 진수가 출근하고 퇴근하는 시간에 맞춰져 있었고, 본사 아르바이트 직원이 늘 트럭에 타고 다니다가 훌쩍 뛰어내려 도와주기 때문에 혜정이 힘을 쓸 일은 별로 없었다. 음료나 과자 등을 정리해 넣고 서너 시간쯤 바코드 찍고 지폐와 동전을 현금 출납기에 넣는 게 힘들다면 힘든 일일 수도 있지만.

사장 부부는 예쁜 큰딸이 종일 서서 일하면 가느다란 다리가 퉁퉁 부어 굵어질까 봐 걱정이 되어, 장사를 접은 칵테일

바에서 버리고 간 집기의 잔해를 열심히 뒤진 끝에 둥글고 높은 스툴을 하나 가져왔다. 그래서 혜정은 그 스툴에 몸을 걸치고 한결 편하게 일할 수 있었는데.

야간조인 진수 처지에서는 기가 막힌 것이, 자기가 출근할 때만 되면 그 편안해 보이는 스툴이 감쪽같이 사라져 있는 거였다. 기가 막혔지만 사장네 하는 짓이 하도 치사해서 대거리해 볼 가치조차 없다고 생각한 그는 묵묵히 서서 일했다.

혜정이 휴학하자마자 바로 가업에 뛰어든 것은 아니었다. 아르바이트나 할까 하고 여러 날을 쏘다녔다. 중고생 과외 같은 건 도저히 할 깜냥이 안 되고, 호프집에서 하루, 빵집에서 이틀 일하고는 힘들어 죽겠다며 투덜대다가 편의점 사장과 부사장의 힘만으로 얼마든지 커버할 수 있는 시간에 카운터에 난입해 억지로 서너 시간을 버티고는 그 서너 시간 일하는 대가로 한 달에 사오십만 원씩 뜯어내는 게 힘든 일이라면, 모든 사람이 힘들게 살고 싶어 할 노릇이었다.

편의점 사장 부부가 울며 겨자 먹기로 큰딸을 고용하지 않을 수 없었던 이유는 빵집, 호프집, 맥도날드, KFC 어디에서도 적응하지 못한 혜정이 『벼룩시장』의 구인란을 팔랑팔랑 넘겨 보다가 "용모 단정한 아가씨 구함. 나 정도는 단정하잖아. 안 그래? 출퇴근 시켜 드림. 월 300+@ 제공. 와, 이런 거 열라 많아! 생각보다 돈, 쉽게 버는 것 같아. 전화해 봐야겠어.

엄마, 나 삼백만 원 벌면 엄마한테 진짜 잘해 줄게!" 말했기 때문이었다. 그 말에 사장 부부는 식겁을 했다. 혜정은 발랑 까진 듯해 보이지만 아직 가시 많은 밤송이 같은 인생을 다 까 보기 전이라, 저는 세상 물정 다 아는 어른처럼 굴지만 아직 알지 못하는 것이 많았다. 이를테면 아무 자격증도 없는데 한 주에 육십 시간 일하고 삼백만 원을 받을 수는 없다는 것. 혜정의 부모는 무슨 짓을 해서 버는지 알았으므로 제발 다른 데 가서 취직 좀 해라, 하고 꾸짖던 태도를 백팔십도 바꾸었다. 제발 여기 있어라, 여기는 너 아니면 안 돌아간다, 우린 네가 꼭 필요하단다.

그런 식으로 편의점에 입성한 혜정은 300+@가 뭔지도 몰랐으니, 틈만 나면 주변 사람들에게 엄마 아버지가 나 아니면 안 된다고 글쎄 손을 싹싹 비비면서 애원하시지 뭐야, 하고 자랑스럽게 말했다. 뭐, 편의점에서 부모님 일을 돕는 것까지는 백 퍼센트 양보해서 사실이라고 하자. 근데 그게 어쩌다가 저렇게 효녀 심청과 공양미 삼백 석 같은 이야기로 각색되었나. 수미는 정신이 얼얼했다.

그때 형철은 다시 잽싸게 '다정한 연인들의 키스를 위한 기본자세 1'로 돌아갔다.

"넌, 정말이지…… 너무 착해."

그리고 둘은 입술을 포갰다.

어머나. 길지도 짧지도 않은 시간이 지난 뒤 형철은 입술을 뗐다. 명문대생은 뭐든지 잘하는구나. 수미는 속으로 감탄했다. 저렇게 절묘한 타이밍에 입술을 떼다니. 하지만 비록 전문대 원예학과 휴학생일지언정 노련함으로 무장한 혜정도 그에 지지 않았다. 사슴처럼 촉촉한 눈망울로 그를 삼 초 동안 올려다보더니 이내 남자의 넓은 가슴에 얼굴을 폭 파묻는 거였다. 당연히 안쓰럽고 귀여워 죽겠다는 듯 형철의 이두박근에는 불끈, 힘이 들어갔고 혜정은 웅얼거리듯 말했다.

"나 그렇게 착한 애 아니야. 오빠가 날 잘 몰라서 그래."

맞아, 정말 오빠가 몰라서 그래. 수미는 진심으로 찬동했다. 여자는 참으로 놀라운 존재군! "너 내 티셔츠 한 번만 더 입었다간 졸라 쳐 죽여 버릴 줄 알어, 쌍년아!"가 나오던 입에서 저런 대사가 나오다니.

형철은 고개를 세차게 흔들었다.

"아냐, 아냐, 난 널 알아. 난 널 안다구. 씩씩해 보이지만 속으론 여린 널 말이야. 나만이 알고 있는 네 모습이 있어, 넌 모르겠지만……."

그러더니 혜정의 얼굴을 들게 하고서 형철은 자못 심각하게 물었다.

"너, 오빠 군대 가면 어떡할래?"

날파리처럼 얼굴에 잠깐 앉았다 지나가는 당혹의 빛을 형철은 못 봤지만 십육 년 동안 같이 살아온 수미는 당연히 알아봤다. 잠자리 지우개로 빡빡 문질러 지운 것처럼 깔끔하게 당황한 기색을 지우고, 혜정은 차곡차곡 마련해 두었던 듯한 슬픈 그림자를 꺼내 눈동자에 드리웠다.

"물론, 그립겠지만…… 힘들겠지만…… 난 기다릴 거야."

형철의 긴장했던 입매가 금세 풀어지고 만면에 흡족한 미소가 어렸다. 그는 다시 한 번 힘차게 혜정을 꽉 끌어안았다.

"바보, 난 아마 군의관으로 갈 거야. 지난달에 의사 고시 붙었어."

날파리가 다시 돌아와, 이번에는 대만족의 사인을 깜빡깜빡 보내고 다시 날아갔다. 혜정은 작은 주먹으로 형철의 가슴을 마구 때렸다.

"바보, 바보, 왜 그런 말을 하는 거야. 난 오빠가 일반 사병으로 징집돼도 자랑스럽게 생각할 거야. 우리나라를 지키는 일이잖아."

형철은 개미만큼도 안 되는 완력으로 자신을 마구 치는 그 주먹을 부드럽게 감싸 쥐었다. 아기 손처럼 작으면서도 버드나무줄기처럼 가는 혜정의 손은 야구 미트 속에 집어넣은 것처럼 폭 파묻혀 보이지도 않았다.

"니가 어떻게 대답할지 알고 싶어서."

둘은 손을 마주 잡은 채 서로를 바라보았다.

"하루빨리 너를 책임질 수 있도록…… 강해질 거야. 지켜 줄 거야."

어이쿠야.

수미는 땅이 꺼져라 한숨을 내쉬었다. 방금 완벽한 연기를 선보인 히로인은 마무리도 잊지 않고, 대문 앞에 서서 멀어져 가는 형철을 향해 손가락 끝이 가늘게 떨리도록 리드미컬하고 정교한 움직임으로 손을 흔들고 있었다. 형철이 완전히 사라진 걸 확인하자 수미는 몸을 감추고 있던 곳에서 나와 혜정을 바라보았다. 언니는 한 가로등 아래, 동생은 다른 가로등 아래 서부 영화의 결투 장면처럼 마주 보고 섰는데, 어째 별로 신통한 말이 떠올라 주지 않는 바람에 수미는 아주 전형적인 말을 뱉고 말았다.

"어이, 그림 아주 좋던데!"

아뿔싸.

왜 그렇게도 많은 만화나 영화나 소설이나 드라마에서 연인들의 밀회를 본 등장인물들이 그따위 말밖에 못하는지 쳇, 하고 생각했는데 정작 자신이 그런 말을 뱉고 나자 몹시 후회스러웠지만 어쩔 수가 없었다. 정말 잘됐다, 어머 축하해, 이런 말을 하지 못할 바에야 달리 무슨 할 말도 없었다.

혜정의 눈꼬리가 샐쭉해졌다. 그러면서도 반항심과 자부심 같은 게 뒤섞인 얼굴을 하고 있었는데, 수미는 그런 표정을 두어 번 본 적이 있었다. 언제였던가, 옆의 남학교 짱과 사귀는 2반의 이쁘장한 여자애가 시내에서 남자 친구 팔짱을 끼고 있다가 학교 애들과 마주쳤을 때 나타난 표정이었고, 교문 앞으로 데리러 온 남자 친구의 뉴그랜저 문을 열던 음악 선생님의 얼굴에 나타난 표정이었고, 학원에 데려다주겠다며 빠라빠라빠라빰~ 하고 고약한 소리와 함께 교문 앞까지 온 남자 친구의 오토바이 엔진 소리를 알아챈 어느 삼 학년 선배의 얼굴에 나타났던 표정이었다. 우월한 수컷을 차지한 암컷만이 지을 수 있는 표정, 그런 표정을 지을 수 없는 암컷들을 안달하게 만드는 그런 표정.

혜정이 계속해서 그런 표정을 지었다면 수미는 그녀에게 달려들어 그 길고 가느다란 목을 꽉 졸랐을지도 모를 일이었다. 어쨌거나 그 순간부터 형철은 수미에게 더 이상 "카메라 베리테!"의 왕자가 아닌, 그냥 동네 오빠로 전락해 버렸다.

"엄마한테…… 말할 거야?"

혜정의 입가는 약간 긴장해 있었다. 그래서 다행히도 자매간의 참사 같은 일은 벌어지지 않았다. 그 긴장한 입가 덕분에 수미는 시소가 살짝 올라가듯 자기가 아주 조금 더 유리한 고지로 스윽 올라섰다는 것을 알았다.

“어떻게 된 건지 말해 주면.”

말해 줘, 너와 나는 한배에서 태어났는데 너는 어떻게 주연이지? 마치 신작 영화 제작 발표회에서 주연 여배우가 생각에 생각을 거듭하며 공들여 준비해 둔 이야기를 누군가가 마침 정확히 질문해 준 것처럼, 혜정의 얼굴이 반짝 빛났다. 그리고 그 별것 아닌 전말은 가로등 불빛을 받아 어둑어둑한 골목의 어둠마저 가시게 할 것처럼 장황하게 활짝 펼쳐졌다.

말을 마친 혜정의 얼굴은 저 하늘의 달님이 무색하도록 황홀히 빛났고, 수미는 그 얼굴을 물끄러미 바라보다가 시선을 떨어뜨려 행복한 여자의 발에 신겨진 유리 구두 같은 운동화를 빤히 내려다보았다. 혜정도 그 시선을 느낀 것 같았다.

“집에 운동화 있잖아, 접때 니가 꾸겨 논 거. 그거 너 신을래?”

수미는 대답하지 않았다. 대신 가로등을 등지고 담장에 기대어 자기가 한 이야기의 여운에 잠겨 있는 혜정을 내버려 두고 터벅터벅 집을 향해 걸어갔다. 어쨌거나, 이제 형철이 카메라 베리테! 하고 외쳐도 더는 아무도 쓰러뜨릴 수 없을 것 같았다.

병선

“슛, 저 병신 왜 안 들어가.”

“아우, 저 쪼다! 저 븅신!”

“내가 발로 차도 저것보단 잘하겠다.”

“슛! 슛! 그렇지!”

변성기 남자애들이 일제히 같은 말을 쏟아 내는 소리에 교실은 흡사 거위 사육장 같았다. 꽥꽥, 꽥꽥! 등신 같은 새끼. 교실 안의 환호와 욕설은 미약하게 시작되어 점차 대단히 창대해졌다. Y대 선수들은 일단 멀끔해서 싫었다. 저 하얗고 푸른 빛깔의 깔끔하기 짝이 없는 매끈한 유니폼도, 다섯 명 모두 하얀 얼굴에 슛이 잘 되든 안 되든 카메라 쪽을 향해 표백제처럼 말끔하게 날리는 미소도 싫었다. 게다가 저놈들은 죄다 백팔십오 센티미터가 넘지 않느냔 말이다.

여름 방학 자율 학습 감독을 나왔던 임신 중인 여선생님이 산전 휴가도 받기 전에 갑작스러운 조산기로 비명을 지르며 교실에서 양호실로, 양호실에서 응급실로 옮겨졌고, 그 덕분에 오십 명의 남자애들은 진정한 의미의 '자율' 학습을 하게 되었다. 그들은 모두 시청각 기재를 이용해 체육 수업을 하자고 했다. 용감한 녀석들 두서넛이 수신기를 연결해 텔레비전을 켰고, 볼륨을 최소로 줄여 두고 Y대와 K대의 농구 시합에 채널을 맞추자 아이들은 와우, 하고 텔레비전 앞으로 몰려들었다.

프로 농구가 생기기 전, 사람들이 대학 농구를 보러 경기장에 가고 대학 농구 선수들이 연예인 같은 인기를 누리고 연예잡지의 화보를 찍기도 하던 시절이었다. Y대가 벌써 다섯 번째 골을 넣는 데 성공했다. K대 선수들은 유니폼의 빨간 빛깔에 걸맞게 혈기만은 생생히 살아 수비를 돌파하려고 몇 번이나 시도했지만 번번이 좌절당했다. 그럴수록 Y대의 리바운드는 차돌처럼 강인했고 3점 슛은 붓으로 원호를 그린 듯 궤적이 매끈했으며 드리블은 불꽃놀이처럼 현란했다.

병선의 짝이 입을 벌리고 화면을 쳐다보다가 말했다.

"난 K대가 좋아."

"왜?"

"안 잘생겼잖아. 농구도 잘 못하고."

그렇다, 잘생기고 농구도 잘하는 놈들을 좋아할 이유가 뭐가 있단 말인가. 병선도 응원하기 시작했다.

"K대 이겨라. K대 이겨라."

K대 쪽에서 작전 타임을 요청했다. 못생기고 농구도 못한다는 모욕적인 이유로 남고생들의 사랑을 받게 된 K대 선수들은 시합 종료 삼 분을 앞두고 있었다. 점수는 12점 차. 축구라면 죽었다 깨어나도 불가능하고, 야구라면 노련한 선수들의 기량이 있다면 기대해 봄 직도 하고, 농구라면 발바닥에 땀나게 뛰어 역전을 노려 볼 수 있는 점수 차였다.

화면에 잡힌 K대 감독은 바로 그 발바닥에 땀나게 뛸 것을 선수들에게 독려하고 있었는데, 화면을 통해 중계된 감독의 작전은 다음과 같았다. 야, 니네 뭐 하는 거야. 희철이 너, 센터가 도대체 뭣 하는 놈이야. 재네가 리바운드를 다 잡아 가잖아.

결국 K대는 졌다. Y대를 응원하던 놈들이 종료 일 초 전 슬램덩크를 시도한 Y대 센터의 모습에 와아, 하고 일제히 함성을 올리며 발을 구르는 바람에 옆 반에서 마룻바닥 왁스칠 상태를 점검하고 있던 물리 선생님이—물리 선생님은 마침 교무 주임이었다. 그리고 어디서든 주임이란 남들보다 더욱 꼬장꼬장하게 처신하는 대가로 그 자리에 오르기 마련이니까—방학이라고 기강이 해이해졌다며 1, 2분단은 교실 앞 칠판을 등지고 3, 4분단은 뒤쪽 청소함을 등지고 일렬로 늘어서서 엎드려뻗쳐를 하라고 했다. 그 바람에 입만 움직일 수 있었던 시청각 체육 수업은 단번에 종 치고 모두가 직접 체육적인 행위를 하는 꼴이 되고 말았다.

일이 분 정도는 잠잠했지만 염소 새끼처럼 팔팔한 소년들은 곧 수군수군 떠들었다. 교실 안에 갇혀 있지만 어디까지나 지금은 공식적인 방학이었고, 방학은 즐거운 것이어야 했다. 그래서 그들은 조악하나마 다시 즐거움을 찾기 시작했는데, 엉덩이로 옆의 놈을 쳐서 도미노처럼 와르르 쓰러지게 하거나 제법 저명한 스포츠 해설자라도 된 듯한 말투로 조금 전의 승부를 복기하며 킬킬거렸다. 얼마 지나지 않아 하나둘 슬쩍슬쩍 엉덩이를 내리고 바닥에 엉거주춤 주저앉아 아픈 팔을 쉬게 하는 녀석들이 늘어나더니 마침내 아예 바닥에 퍼질러 앉아 수다를 떠는 놈들까지 생겨났다.

병선은 언제나 쓸데없는 배짱이 적은 편이었다. 단적인 예로 그는 유아 적에도 형제들 중 가장 늦게 일어나 앉고 가장 늦게 기었으며 가장 늦게 일어섰고 가장 늦게 걷기 시작했는데, 대신 어린애 특유의 무거운 머리를 가누지 못하고 마룻바닥에 쾅 찧거나 기다가 엎어지거나 무모하게 일어나서 뒤뚱뒤뚱 걷다가 자빠져 울거나 하는 일이 거의 없었다.

쓸데없는 에너지를 쓰지 않도록 최대로 아끼는 본성을 타고났다고 할까. 그는 손잡이께에 용머리가 양각된 교무 주임의 특제 몽둥이가 얼마나 파괴력이 탁월한지도 잘 알고 있었다. 그렇기 때문에 살짝살짝 무릎을 바닥에 대고 잠깐 쉬는 것 말고는 언제 열릴지 모르는 교실 앞문을 눈여겨보며 그다지 잔머리를 굴리지 않고 있었는데, 팔 굽혀 펴기건 윗몸 일으키기건 원산폭격이건 이런 종류의 가학적인 행위를 지독히 싫어하는 짝은 아까부터 계속 무릎을 바닥에 딱 붙이고서 죽으면 죽으리라, 하는 식의 태도를 견지하더니 이제는 심심해졌는지 병선을 집적거렸다.

다른 건 몰라도 가벼운 몸 덕분에 팔 굽혀 펴기는 몇 개라도 자신이 있었던 병선은 이참에 삼두근이나 단련해 볼 양으로 팔뚝을 부들부들 떨면서도 용감하게 버티고 있었는데, 이젠 아예 일어서 있던 짝이 그 모습을 내려다보다가 지저분한 토끼표 보건화를 신은 발로 그의 허리춤을 슬며시 밀었다. 당연히 어어어, 소리를 내다가 병선은 옆으로 휙, 우당탕 하는 순서를 밟아 자빠졌다가 벌떡 일어나서 뭐야 이 자식, 하고 소리를 쳤지만 짝은 그를 쳐다보지도 않은 채 교실 뒤편의 패널을 심각하게 바라보고 있었다.

성적으로든 체육 대회로든 한 번도 상다운 상을 받아 보지 못한 게 한이라고 늘 공공연히 하소연하는 담임의 한을 풀어 주기 위해, 라기보다는 잘하는 거라곤 하나도 없는 녀석들이라는 구박과 교무실 가면 자기가 제일 무시당해서 살기 싫다는 둥 끊임없이 쏟아 내는 담임의 하소연을 듣기가 지겨워서, 공부를 잘하지도 않고 운동도 잘 못하는 이 반 녀석들이 궁리 끝에 작당해서 달려들 수 있었던 유일한 종목이 바로 환경 미화였다.

그거야 뭐, 쓸고 닦기만 하면 되는 거니까. 신체 능력이나 두뇌가 특별히 뛰어날 필요도 없다. 그저 꾸준하고 묵묵하게 단순노동을 할 수 있으면 충분하다. 하지만 묵묵하거나 오래 버티는 것으로는 곤란한 게 바로 교실 뒤편에 붙이는 패널이었다.

우리 반 탐방, 과학 상식, 시사 퀴즈, 우리 지역 명소 등 시시껍적한 내용이 태반이지만 환경 미화 성적에는 엄청난 영향을 행사하는 이 난제를 풀기 위해 글씨가 조금이라도 예쁜 놈들이 사인펜을 들고 몇 시간이나 매달렸는데, 극성 엄마들이 많은 것으로 유명한 3반에서 아예 미대생들에게 돈을 주고 용역을 맡긴 용의주도함이나 아기자기한 손재주가 있는 여동생과 여자 친구들 손에 의탁한 7반 녀석들의 수완에는 당할 길이 없었다. 결국 담임은 무엇에도 일등을 못해 본 2학년 2반 담임으로 2학기 말까지 갈 터였고, 우유 급식자 1위 정도는 달성했지만 이런 건 뭐 우유 업체에서나 좋아할까, 우유처럼 비리기만 한 영광이었다.

어쨌거나 시도는 해 봤다는 위로로 남은 패널은 교실 뒤편에서 언제까지나 묵묵히 패배를 증거했는데, 아무도 눈여겨보지 않는, '자유가 아니면 죽음을 달라 by 패트릭 헨리' 따위가 쓰인 그럴싸하지만 무슨 말인지 잘 알 수 없는 허황한 경구 위에 비닐을 씌워 놓은 패널을 지금 짝놈은 보물 지도나 인생의 비밀이나 성적 향상의 비기라도 적혀 있는 양 뚫어져라 들여다보고 있는 것이었다. 그 진지함에 화를 내기가 머쓱해진 병선은 따라서 알록달록한 사인펜으로 어설프게 그린 꽃과 하트와 강아지 그림을 들여다보았다.

사랑은 기침과 같아서 숨길 수 없다.

짝이 그 문구를 소리 내어 읽었다.

짝과 패널을 번갈아 힐끗힐끗 쳐다보던 병선은 무슨 영문인지 알 수가 없었다. "어쩌라고?" 하고 묻자 짝은 이번에는 진지한 얼굴로 급훈을 쳐다보았다. 급훈. 포기는 김장할 때나 쓰는 말이다.

짝놈이 물었다.

"정말 사랑은 기침과 같아서 숨길 수 없냐?"

병선이 대답하려고 하는데 그만 기침이 터져 나왔다.

짝은 다시 심각하게 물었다.

"방금 그건, 사랑이었냐 기침이었냐?"

병선은 대답했다.

"기침이야. 감기 걸렸거든."

짝은 고개를 갸우뚱했다.

"근데 넌 왜 늘 편지질만 하는 거지? 전화도 있고, 요즘은 삐삐 있는 애들도 많잖아."

"난 삐삐 없잖아."

"걔는? 걔두 없대?"

"없을걸. 우린 만나기로 했는데, 그냥 기다리고 있어."

"왜 기다려?"

"그냥, 기다리는 게 좋으니까."

그날따라 집으로 돌아오는 길은 꽤나 길었다. 기다리는 게 좋다니, 그건 아무리 생각해도 이상했다. 기다리는 게 좋은 사람이 어디 있나? 기다리는 것에 익숙하고 기다리는 것을 좋아하는 청춘은 어딘가 비정상인 거였다. 그는 비정상의 청춘이 아니었으며, 이유는 간단했다. 그냥, 거짓말을 하고 있을 뿐이니까.

그렇다면 그녀는? 기다리는 게 좋은가? 사랑은 기침과 같아서 숨길 수 없다는데, 전화도 삐삐도 통신도 없는 시대에 사는 것처럼 서찰만 주고받는 게 아무렇지 않은 일인가? 가

전제품 대리점 쇼윈도의 대형 텔레비전 화면 속에서 아이가 까르르 웃었다. 갑자기 병선은 기침을 하기 시작했다. 우리 아이 기침엔 판피린 에프, 감기 조심하세요. 그녀 역시 판피린 에프에 흠뻑 적셔졌거나……. 그리고 초희를 생각했다. 그녀의 마음은 사랑일까, 기침일까? 아니면 나처럼 거짓말을 하고 있는 것이라는 데까지 생각이 미치자 병선은 설레설레 고개를 흔들었다. 나는 거짓말을 한 적 없어. 아직 일어나지 않은 일을, 이루고 싶은 그런 일을 입 밖에 소리 내어 말하면서 정말로 그렇게 믿으면 이루어진다고, 저 많은 자기 계발서들이 말하고 있지 않은가. 그래서 병선은 종이에 쓴 것뿐이다. 나는 백팔십이야.

병선은 그것이 불확실한 미래가 아니라 잠시 유예된 진실이라고 믿었다. 축구도 수학도 일종의 배수진으로, 그것이 거짓말이 되지 않게끔 열심히 노력함으로써 그 유예된 진실을 오늘에 되살려 양손에 꼭 붙잡는 것이야말로 진정한 사랑이리라 믿었다.

황금 양털이 지상에서 품절되고 백 년 묵은 미인이 잠자는 을씨년스러운 성을 향해 나아가면서 칼로 용감하게 끊어낼 가시덤불이 더는 남아 있지 않은 지금은, 연인을 위해 키가 크도록 노력한다든가 수학 성적을 이십 점 이상 올린다든가 하는 일은 스케일 면에서 그것보다 구차해 보이지만, 황금 양털을 가져오거나 백 년 동안 잠든 공주가 어떻게 생긴 줄도 모르면서 용감한 기사 겸 원예사처럼 가시덤불을 헤쳐 나아가거나 하는 것보다 난이도 면에서 크게 떨어지지 않는 목표였다.

오히려 독사과를 먹은 시체나 다름없는 여자를 탐내 집으로 실어 가려던 놈이나 백 년 된 입술에 뽀뽀하러 가던 놈이나 실은 다 변태 아닌가. 그보다는 내가 훨씬 더 순수하지. 기침처럼 감출 수 없는 사랑을 위해 매일 수학 공부를 얼마나 열심히 하는데. 겨우 오 점 올랐지만, 뭐 첫술에 배부르랴.

그런데 수학보다 더 어려운 게 따로 있었다. 마치 조금 전 K대학 농구 감독의 작전 지시 같았다. 밥을 많이 먹고, 칼슘을 섭취하고, 틈날 때마다 팔다리를 쭉쭉 늘려 주면 키가 큰다! 잠을 많이 자면 키가 큰다! 수업 시간에 집중하고 예습 복습을 게을리하지 않고 교과서에 충실하면 성적이 오른다! 사당 오락이라 했으니 하루에 네 시간만 자면서 마구 공부하면 성적이 오른다! 열심히 하면 다 된다. 그러나, 사실은 그렇게 간단할 리가.

특히 키 문제는……. 지난주에 갑자기 병선은 아버지와 어머니에게 가족 내력을 꼬치꼬치 캐물었는데 부계 모계를 통틀어 백칠십오 센티미터 정도면 아주 큰 편에 속한다는 사실을 알아내고 몹시 울적해지고 말았다. 병선의 형제들을 제외하면 대체로 작았다. 부모님은 형과 동생이 크는 걸 보라며 조금만 기다리라고 했다.

기다림.

난 정말 기다리는 걸 좋아할까.

기다리면 좋은 게 올까.

인내는 과연 미덕일까.

왜 형이나 동생이 아니고 나야?

수미

수미는 생각할수록 혜정의 그 표정이 참을 수 없이 싫었다.

뭐라고 할까. 진화 과정에서 도태되지 않은 암컷이 다른 암컷을 향해 여봐란듯이 구는 표정. 더 우월한 수컷을 차지한 암컷의 표정. 그러므로 그러지 못한, 교미 가능성이 떨어지는 암컷을 형언할 수 없는 비참한 기분에 휩싸이게 하는 그런 표정. 급기야는 자신만만해하는 저 얼굴에서 그 표정을 지워 버리기 위해 목숨까지 걸게 하는 그런 표정.

한순간 형철을 불러내 혜정의 온갖 본색을 밝힘으로써 저 표정을 싹 지워 버리고, 나아가 훌쩍훌쩍 우는 얼굴로 만들어 버릴 좋은 방법은 없을까 고민했지만, 사랑에 빠진 남자의 귓구멍은 무너진 갱도보다 뚫기 어려운 일이었다. 그것이 연애의 법칙이며 인생의 법칙이었다. 딸들의 배우자는 자기가 고른다며 함부로 연애 걸고 다니면 다리몽둥이를 부러뜨리겠다고 늘 으름장을 놓던 엄마는 큰딸이 의대생 형철과 사귀는 것을 알게 되자 만세를 부르며 혜정을 끌어안았다. 그것은 현실의 법칙, 또는 속물의 법칙이었다. 그 모습을 본 수미는 간만에 밥맛이 뚝 떨어졌다.

수미는 늘 곁들이던 딸기우유나 커피우유도 싹 끊고 양은 주전자에 떠 놓은 수돗물만 마셨다. 냉동 트럭에 반품용 빵을 싣던 편의점 사장과 부사장은 딸이 마음 둘 곳이 없어서 저러나, 애들은 먹는 복이 진정 복인데 밥맛까지 잃게 하다니 정말이지 사춘기는 무서워, 하며 염려했으나 수미는 사춘기 따위는 백 미터 안에도 접근 못하게 하겠다는 듯 유통 기한 지난 아이스크림도 마다하는 투철한 자세로 틈만 나면 동네를 왔다 갔다 했다.

학교의 여름 체육복 반바지에 헐렁한 면 티셔츠를 걸치고 잰걸음으로 유령처럼 동네를 쏘다니는 수미의 모습에 동네 사람들은 편의점 집 작은딸이 경보 대회에라도 출전하는가 하여 의아해했지만, 수미는 그토록 빠르게 걸으면서도 걸음에만 전력을 기울이는 것이 아니라 평소 자신의 캐릭터와 전혀 어울리지 않는 행동을 함으로써 동네 사람들을 더욱 놀라게 하였는데, 그 행동이란 조그만 메모장에 수학 공식 등을 적어 중얼중얼 외우며 걸어 다니는 것이었다.

그 내용은 국사이기도 했고 지리, 영어이기도 했지만 지금은 수학이었다. 꼬맹이 때부터 공부, 특히 계산과 수학이 수미의 철천지원수라는 사실을 동네 사람들까지 다 알고 있었으므로 그 광경을 본 사람들은 메두사의 얼굴과 마주친 운 없는 그리스인들이 그러했듯이 잠시나마 돌처럼 굳은 상태가 되었다.

수미는 계속 하염없이 걸어 다니며 중얼거렸다.

"x에 대한 다항식 $f(x)$가 일차식 $x-a$로 나누어 떨어지면 $f(a)=0$이고…… 실수 a, b, c, d에 대하여 두 복소수 $a+bi$, $c+di$의 곱은 $(a+bi)(c+di)=(ac-bd)+(ad+bc)i$이며…… 이차 방정식 $ax^2+bx+c=0$의 판별식 $D=b^2-4ac$가 양수이면 서로 다른 두 실근을, 0이면 중근을, 음수이면 서로 다른 두 허근을 가지며…… 두 직선 $y=mx+n$과 $y=m'x+n'$가 서로 수직일 조건은 $mm'=-1$이며…… 원 $x^2+y^2=r^2$ 위의 점(x_1, y_1)에서의 접선의 방정식은 $x_1x+y_1y=r^2$이며……."

뭐가 어쩌고 어째? x하고 y가 뭘 어째? 이차 방정식?

그건 아무 법칙도 믿을 수 없게 된 수미에게 병선, 즉 민준이 보내온 편지 때문이었다.

제 여동생이 요즘 『언플러그드 보이』라는 만화에 푹 빠졌어요. 그 만화의 남자 주인공은 이런 대사로 유명하더군요.

"난 슬플 때면 힙합을 춰."

전 힙합을 출 줄 모르지만 마음이 슬퍼질 때면 수학의 수식을 보곤 합니다. 왜냐하면 사람의 마음은 하릴없이 바뀌고 믿을 수 없지만 수학은 거짓말을 하지 않거든요.

나의 희야는 그걸 아나요? 이를테면 하나만 짚어 볼게요. 중학생 때 삼각비 배웠지요? 사인, 코사인, 탄젠트가 막 나오니 헷갈리고 어려웠겠지만 고등학교 수학에 견주면 정말 걸음마 수준이었죠. 아마 곧 아래와 같은 삼각함수의 덧셈뺄셈 공식을 배울 거예요.

$$\sin(x+y) = \sin x \cos y + \cos x \sin y$$

$$\cos(x+y) = \cos x \cos y - \sin x \sin y$$

$$\sin(x-y) = \sin x \cos y - \cos x \sin y$$

$$\cos(x-y) = \cos x \cos y + \sin x \sin y$$

서로 비슷비슷해서 외우기도 힘들고, 외워도 나중에 헷갈리거나 까먹기 쉽죠. 교과서에서는 증명을 보여 주긴 하지만, 고등학교 과정에서 배운 것만 가지고 증명하려니 복잡하고 어려운 과정을 거치게 돼요. 하지만 희야는 염려 마요. 아래의 오일러 공식을 이용하면 복잡한 삼각 함수가 쉬운 지수 함수로 바뀌는 마법이 일어나거든요.

$$e^{i\theta} = \cos\theta + i\sin\theta$$

(나중에 배우겠지만 e는 어떤 실수 상수예요. i는 알다시피 복소수 단위이고요. $i^2 = -1$을 잊지 마세요.)

자, 이제 쉬운 지수 법칙을 기억해 봐요. 지수 법칙은 지수가 복소수일 때도 실수일 때와 마찬가지로 성립하거든요.

$$e^{ix}e^{iy} = e^{i(x+y)}$$
$$e^{ix}e^{-iy} = e^{i(x-y)}$$

여기에 오일러 공식을 대입하기만 하면 위의 복잡한 식들이 전부 나오게 돼요.

어때요, 신기하지 않아요? 흔히들 수학은 배울수록 더 어려워진다고 생각하지만 과정이 올라갈수록 더 좋은 도구를 배우기 때문에 더 많은 문제를 해결할 수 있고, 때로는 지름길로 가는 법이 나오기도 한답니다. 인간이 만든 수학인데, 인간은 믿을 수 없지만 수학은 거짓말을 하지 않는다는 것, 재미있지 않아요? 우리도 수식처럼 거짓말을 하지 않는 관계가 되었으면 해요.

당신의 민준으로부터

오일러의 공식을 날이 저물고 가로등이 켜질 때까지 중얼거리며 돌아다니는 수미를 보며 동네 사람들은 말 그대로 소스라치게 놀랐다. 시간이 지난 뒤에는 날이면 날마다 평상에 앉아 노닥거리는 짓궂은 노인장들이 장기나 바둑이나 화투 대신에 좀 더 장난스러운 도박거리로 수미가 다음 전봇대에 부딪힐지 안 부딪힐지를 두고 오백 원 내기를 걸기도 했지만 수미는 신기하게도 부딪히지 않았는데, 수미의 기행 또는 공부가 동네 사람들에게 익숙한 광경이 될 때까지는 시간이 오래, 아주 오래 걸렸다.

옛 또래슈퍼, 그러니까 지금 ampm의 두 딸은 태어날 때부터 내가 봐 왔으니 내 손녀들이나 마찬가지다, 내가 뱃속까지 다 아는 아이들이다, 하고 늘 장담하던 복덕방 할머니는 애완견 삐삐를 끌어안고 나왔다가 위의 공식을 외며 바삐 걸어가는 수미를 보고 너무 큰 충격을 받은 나머지 땅바닥에 쓰러져 "삼복더위도 아닌데 내가 헛것을 보았으니 저세상에서 영감이 나를 부르는 징조로구나. 이승을 뜰 때가 왔다고 영감이 알리는 게야." 하며 며칠을 끙끙 드러눕기까지 했다.

할머니가 이마를 감싸 쥐고 길에 쓰러졌을 때, 할머니가 즐겨 보는 텔레비전 프로그램에서 현명하고 용감한 개들이 큰 공을 세워 영웅이 되는 이야기를 평소 유심히 보아 온 삐삐는 드디어 때가 왔다 생각하고 신속히 복덕방으로 질주해 복덕방 임원이며 할머니의 아들인 최 이사의 바지 자락을 물어 당겨 할머니가 쓰러진 장소로 인도하고자 했다. 텔레비전에 나오는 명견에도 뒤지지 않는 명민한 활약이었으나……. 하필 삐삐는 몰티즈인 바람에, 고작 2.5킬로그램의 위엄 없는 몸집에다 할머니가 이마에 묶어 준 분홍 방울 리본 때문에 무얼 해도 그리 심각해 보이지 않는 게 흠이었다.

이러한 카리스마 부족이라는 견종상의 한계를 극복하지 못한 탓에, 최 이사는 그러잖아도 방금 매매 건 하나, 경매 입찰 건 하나가 연달아 취소돼 신경질이 나던 참에 삐삐가 장난을 치려는 줄만 알고 발등으로 툭 밀며 "왜 이래, 이놈의 똥개 새끼가!" 하고 버럭 소리를 질러 삐삐는 모욕만 당하고 말았다.

그러나 할머니를 찾아낸 동네 사람들의 빠른 제보 덕에 사태의 전모와 삐삐의 큰 뜻을 알게 된 최 이사는 어머니를 구한 삐삐가 옛 전설에 나오는 풍산개에 못지않다며 개껌으로 치하했지만, 수미를 향해서는 사람을 놀래켰다고 몹시 원망했다. 별난 계집애가 왜 안 하던 짓을 해서 사람을 놀래키느냔 말이다.

이에 수미는 공부를 해도 원망을 듣는다는 새로운 사실에 무척이나 어리둥절했다. 그렇지만 복덕방 최 이사와 그의 어머니의 노여움을 피하고자 공부를 멈출 수는 없었으며, 또한 최 이사와 그의 어머니에게는 수미의 기행이 몹시 불쾌한 놀라움이었지만 편의점 사장과 부사장에게는 매우 기분 좋은 놀라움인지라 결단코, 사소한 핍박 때문에 포기할 수 있는 사안이 아니었다. 메모장을 들고 루트 원의 한계치는 어쩌고니까 파이 값은 3.142라든가 아이 헤브 빈 네버, 절대 지금까지 ××한 적 없다…… 따위를 중얼거리며 돌아다니는 모습을 목도한 편의점 사장과 부사장의 표정에는 그야말로 하늘로 가는 구원 열차의 탑승객 명단에서 그들의 이름을 읽어 주며 거리를 걷는 천사라도 보는 것처럼 거룩한 감격으로 가득하였다.

그리하여 수미가 타의 반 자의 반 『성문종합영어』와 수리1 등을 외우며 꿋꿋이 거리를 거니는 일은 좀처럼 멈춰지지 않았는데, 열량 소모와 성적 향상을 동시에 도모하겠다는 것은 실로 매우 그럴듯하면서도 참신하고 또한 야심 찬 시도가 아닐 수 없었다.

그러나 양쪽을 다 하고 있었기에 무엇을 하고 있다고 정확히 하나로 꼬집어 말할 수 없는 것이 그 행위의 다소 난감한 점이었으니, 이를테면 동네 아저씨가 "뭐 하니?" 하고 물었을 때 공부요, 라고도 산책이요, 라고도 대답할 수 없는 게 바로 그것인데, 공부하면서 살 빼려고요, 라고는 더더욱 말할 수 없었다. 그래서 어쩔 수 없이 "그냥요." 하고 말할 수밖에 없었는데, 수미 자신이 생각하기에도 그것은 꽤 어수선한 광경이었다.

그런 어수선한 일이 방과 후 캄캄해질 때까지 며칠째 계속 이어졌다. 누가 가슴을 쥐어뜯는 것만 같아서, 그 쥐어뜯기는 느낌이 첫사랑을 조종하는 누군가의 냉혹한 찬 손이라는 사실을 수미는 시간이 아주 많이 흐른 뒤에야 알게 되지만, 그 찬 손 때문에 야간 자율 학습 따위를 버텨 낼 자신이 없어서 부모를 졸라 특별히 빠져도 될 것을 허락하는 도장을 담임에게 제출했기 때문에 해가 친절하게 떠 있기만 하면 시간 같은 건 얼마든지 있었다.

수미가 돌아다니며 교과 과정을 중얼중얼 왼다는 것을 부모와 담임 모두 알고 있었으므로 선선히 허락이 떨어졌다. 담임은 지나가는 말로 그 시간에 학원을 다니거나 하라고 권했지만 그것도 편의점 장사가 잘되어야 말이지, 냉동 트럭에 반품하는 양이 지금 같아서는 어림도 없는 일이었다. 그러니 순식간에 사라져 버리는 햇살 아래 중얼중얼 근의 공식 따위를 외는 지금은 학원 대신 이동 공부방을 차린 셈이었다.

가로등이 켜지는 무렵이면 이동 공부방을 철수해야만 했다. 걷기도 지친 데다 가로등에 의지해서 글자를 해독하는 수고까지 하고 싶진 않았다. 여러모로 별 개념 없는 공부방이었다. 공부라기보다는 그 무엇, 즉 민준의 말대로 수학은 수미에게 거짓말을 하지 않는다는 것, 그 점을 확인하기 위한 시간이었다. 어쨌거나 수미는, "난 쓸쓸할 때는 수식을 푼다."는 민준의 말을 붙잡고서, 자신을 포함해 거짓말쟁이로 가득한 세상에 누군가 또는 무언가는 결코 거짓말을 하지 않는다는 확신이 필요했다.

병선

병선이 깨어난 곳은 병원 응급 처치실이었다.

속이 메슥거리면서 정신이 흐릿해졌던 것 말고는 아무것도 생각나지 않았다. 간호사 두 명과 같은 수의 의사가 병선의 뺨을 찰싹찰싹 때리며 정신 차리라고 소리치고 있었다. 몹시 소란스러운 광경이구나, 하고 병선은 남의 일을 보듯 생각했다.

굵은 호스를 목구멍에 들이댄 의사가 차분하게 설명했다.

"위를 깨끗이 씻어 내야 하니까 이걸 삼키세요. 좀 힘들겠지만 어쩔 수 없어요."

병선은 순순히 입을 벌렸다. 이런 일에 아주 익숙해 보이는 간호사가 성에 차지 않는지 병선의 양쪽 뺨을 눌러 입을 더 벌리게 하고 호스를 밀어 넣었다. 크지 않은 입 안이 꽉 차 버릴 정도로 굵은 호스였다. 입에 팔뚝한 만 호스를 밀어 넣는데 성공한 간호사와 의사 들은 그걸 삼키라고 했다.

"자아, 삼키세요. 꿀꺽! 꿀꺽!"

다른 사람들이, 그것도 서너 명의 어른들이 열렬하게 꿀꺽! 꿀꺽! 이라고 동시에 말하는 광경이 왠지 우스꽝스러워 병선은 히죽 웃었고, 그러다가 침과 함께 호스를 삼켰다. 득의양양해진 의사가 호스를 계속해서 밀어 넣었다. 호스가 목구멍과 식도를 지나 위까지 다다르는 것이 느껴졌다. 병선은 구역질이 나서 우욱, 하고 소리를 냈지만, 뺨을 꽉 눌렀던 그 간호사가

"이걸 뱉어 내면 몇 배나 더 고생하니까 구역질하지 마세요! 그리고 이 학생은 약물을 과용했을 뿐이지 자살을 시도한 건 아니니까 보호자분도 염려하지 마시구요."

하고 단호하고도 재빨리 말하는 바람에 구역질도 하지 못했다. 무려 세 시간 동안이나 그 고통이 이어졌다. 호스를 통해 어떤 약품을 넣고 위장을 헤집는 일이. 오랜 시간 위 세척 처리를 받고 난 병선은 완전히 기진맥진했다.

응급실 침대로 옮겨졌을 때 노련한 간호사가 흰 약병을 들고 왔다. 식염수 병만큼이나 커다랗고, 아무것도 적히지 않은 흰 플라스틱 병이었다. 컵도 같이 가져온 간호사는 약병에 든 내용물을 컵에 따랐다. 세상에 저런 색깔도 있나 싶을 만큼

희한한 보라색의 걸쭉한 액체였다.

간호사가 말했다.

"학생이 먹은 약은 위벽에 끈끈하게 달라붙는 그런 약이에요. 보통 값이 싼 약들이 그렇죠. 그래서 위 세척만으로는 안 되고, 이 약을 먹어서 위 안에 있는 걸 닦아 내야 해요. 그래야 변으로 배출되거든요. 맛이 좀 이상할 수도 있지만, 참고 마셔요."

병선은 순순히 참고 마셨다. 하지만 맛이 좀 이상할 수 있다니, 너무 부실한 설명이었다. 차라리 토할 것 같은 약이니까 참고 마셔요, 하고 알려 주지, 생각하며 병선은 이 세상에 그토록 맛없는 것이 있다는 사실에 깜짝 놀랐지만 꾸역꾸역 참고 마셨다. 알고 보니 그 보라색 액체는 바륨이었다. 학교에서 배운 원소 주기율표에 나오는 바로 그거 말이다. 바륨이고 맛이고 뭐고 지금 병선은 뭐를 의심하거나 캐묻거나 할 수 있을 만큼 정신이 온전하질 않고 꿈속을 걷는 것처럼 어릿한 상태였다.

병선이 그 썩은 이끼 같은 약을 네 컵이나 꾹 참고 들이켜자 간호사는 조금 마음이 놓인다는 듯 잘 마신다고 등을 툭툭 치고는 드디어 약병 마개를 닫았다. 얌전하게 꿀꺽꿀꺽 마시는 병선이 탐탁했는지 사무적인 투가 많이 가신 부드러운 목소리로 "앞날이 창창한 학생이 무슨 일이야, 쯧쯧……. 자, 이제 누워 있어요." 조그맣게 말하고는 병선을 눕히고 링거 병을 체크한 뒤 모포를 덮어 주고 자리를 떠났다.

앞날이 창창한 학생? 그건 혹시 나? 근데 앞날이 창창한 나에게 도대체 무슨 일?

병선이 한 일이라고는 비타민을 먹은 것밖에 없었다. 하루 적정 복용량이 두 알인 종합 비타민을 다섯 알씩 먹은 것은 가을의 기색이 완연해지고부터였다. 이제 첫눈이 올 때까지 몇 달 남지도 않았는데, 그건 편지로 사귀어 온 수미를 만나는 날도 얼마 안 남았다는 얘기였다.

백육십을 넘어 백칠십 센티미터대로 진입했지만, 그것으로는 한참 많이 부족했다. 성장기 남자아이가 이 센티미터밖에 자라지 않다니, 나는 무슨 난쟁이병에라도 걸렸단 말인가. 지방에서 대학을 다니느라 방학 때마다 집에 돌아오는 형을 원망스럽게 노려본 적도 많았다. 형이라는 작자가 나에게 물려준 건 겨우 낡아 빠진 교복뿐이고, 키를 미루나무처럼 크게 만드는 우수한 유전자는 자기가 다 차지한 거 아냐? 그러나 이제 열세 살인 여동생 명순이 반에서 키가 크기로 으뜸을 다투는 것으로 미루어 그 유전자를 형 혼자 몽땅 다 차지한 건 아닌 모양이었다. 단지 병선만 재수가 나빴던 것이다.

바짝 약이 오른 병선은 철봉에 매달렸고, 성장판을 자극한

답시고 줄넘기를 했고, 비타민을 먹었고, 어머니의 철분제에까지 손을 대 욕을 먹었다. 2학기가 되자 여름을 지낸 같은 반 녀석들은 누가 껌처럼 늘려 놓은 듯 키가 쑥쑥 자랐고, 체육 시간에 줄을 맞출 때 여전히 맨 앞에 서서 오른손을 들고 "기준!"을 외쳐야 하는 형편이 되자 병선은 화가 머리끝까지 치밀었다.

여느 때보다 조회가 길었던 날 학교가 끝나고 집으로 돌아온 병선은 천 밀리짜리 우유를 컵에 따르지 않고 팩째로 벌컥벌컥 마시다가 비타민제 통을 열고, 남아 있던 비타민을 우유를 곁들여 몽땅 먹어 치웠다. 설마 비타민을 먹고 죽진 않겠지, 컴퓨터 게임에 나오는 마법의 포션 같은 역할을 해 주지 않을까, 그렇게 생각해 봤을 뿐이다. 단지 그뿐이었다. 그가 기억하는 것이라고는 그다음은 기억나지 않는다는 것.

"아이고오, 병선아아……! 이게 무슨 일이냐아!"

하지만 그의 어머니는 키가 클까 하는 기대로 그냥 홧김에 비타민을 과용했을 뿐이라는 그의 설명을 절대 믿어 주지 않는 것 같았다. 침대 옆에 쳐진 커튼을 황황히 열어젖히고서 병선을 붙잡고 늘어진 어머니가 다짜고짜 통곡부터 하는 모습을 보니 아무래도 그런 낌새였다. 한 발짝 뒤에 선 아버지는 침통하게 고개를 숙이고 있었다. 병선에게 이끼 같은 걸 먹였던 간호사가 주사기를 들고 다가와 나지막이 말했다.

"다행히 조기에 조치를 취해서 하루쯤만 쉬어 주면 될 거예요. 별일 없어요. 아드님이 공부가 많이 힘든가 봐요. 잘 다독거려 주세요."

그 말이 신호탄이 된 듯, 어머니는 아이고오, 하고 더 크게 통곡하며 사이사이 그의 이름을 불렀다.

"병선아, 아이고오 병선아 내 새끼, 공부 못해도 괜찮다, 고민이 있으면 이 에미한테 말을 하지, 이 미련하고 착한 녀석아, 왜 혼자 꾹꾹 참고만 있었니, 학교에서 누가 괴롭히더냐, 말을 해 봐 말을, 응 우리 아가야아아아아."

급기야 병선의 어머니는 목을 놓아 더 크게 울었다. 다른 환자나 보호자들이 안쓰러운 눈길로 이쪽을 쳐다봤다. 아마도 쓰러진 병선을 발견하고 119에 전화했을 동생이 나타나 딸기우유 팩에 꽂힌 빨대를 빨면서 아버지의 옷자락을 잡아당겼다.

"아빠, 우리 언제 집에 가?"

"응, 곧 갈 거다."

아버지는 고개를 더 푹 숙이고 납덩이를 매단 것처럼 무겁게 입을 열었다.

"이 못난 놈! 천하의 후레자식, 불효 자식 같으니……. 아니다, 다 이 애비가 죄인이다. 사춘기라 한창 예민할 땐데 얼마나 고민이 많았으면……."

어머니가 그 말을 돌림 노래처럼 이어받아,

"아이고오, 아이고오! 우리 착한 아들이 무슨 고민이 있어서! 공부 못하는 것 말고는 속 썩인 것 하나 없는 이 착한 아이가!"

하고는 그의 손을 부여잡고 뜨거운 눈물을 쏟는 바람에 그는 공부도 못하는 주제에 자살하려 한 우스운 놈으로 땅땅 도장이 찍혀 몹시 겸연쩍어졌다. 아버지가 새삼 가장의 위엄을 차리겠다는 듯 눈살을 한껏 찌푸렸다.

"당신, 내가 집에 없을 때마다 공부하라고 애를 이 지경이 되도록 들들 볶은 거야?"

"아이고, 병선아 미안하다! 이 에미가 너한테 그랬으면 내가 죽일 년이다, 병선아!"

어머니의 통곡 소리는 더욱 커졌고 아버지는 그것도 마음에 들지 않는 듯 더욱 눈살을 찌푸렸다. 담당 의사가 우울증 가능성을 언급하며 정신과 치료를 받아 보는 게 좋겠다고 권했기 때문이었다.

"너도 참 못난 놈이다. 우울증? 그런 건 나약한 놈들이나 걸리는 거야! 정신력으로 이겨 내야지! 마음을 굳게 먹으면 우울증 같은 건 걸리지 않는다! 그건 계집애들이나 걸리는 병이야!"

아버지는 몹시 언짢은 듯했다.

병선이 나는 우울증이 아니며 어머니는 나를 들들 볶은 적이 없다고, 나는 절대 자살하려 한 것이 아니라고 설명하려 해도 아버지의 자책과 분노, 어머니의 통곡 사이에서 제대로 설명할 기회를 도무지 잡을 수가 없었는데 희한하게 병선의 눈에도 갑자기 눈물이 고였다. 서러움이 복받쳐 오른 그의 눈에서 닭똥 같은 눈물방울이 흘러내렸다. 그가 눈물 흘리는 모습을 본 어머니는 “아이고오, 울지 마라 내 새끼!” 하고 더 크게 통곡하며 아들의 손을 꼬옥 잡았다. 성을 내던 아버지도 겸연쩍게 뒤돌아서 눈가를 훔쳤다.

눈물이 터지고 만 병선은 어머니의 손을 마주 잡고 “엄마, 엄마.” 부르면서 흑흑 흐느껴 울기 시작했다. 그에 화답하듯 어머니는 그를 와락 끌어안고 “아이고, 얼마나 힘들었으면 내 새끼!” 하고 그의 환자복을 눈물로 적셨다.

그렇게 퇴원 절차를 밟은 가족은 기운을 내야 한다며 삼겹살을 먹으러 갔다. 고기를 별로 입에 대지 않은 병선은 집으로 돌아오자마자 책상 앞에 앉아서 편지를 썼다.

수미

이희재식 다이어트, 덴마크식 다이어트, 황제 다이어트, 꿀물 다이어트, 사과 다이어트, 포도 다이어트, 생식 다이어트. 이 세상엔 정말로 많은 다이어트가 있었고, 저마다 이 방법이 완벽하다며 핏대를 올리고 있었다. 과연 그 방법은 쉬워 보였다. 밥은 말고 사과만 드시면 됩니다. 언제까지 사과만 먹냐고요? 물론 사십오 킬로그램이 될 때까지죠. 바나나만 드세요. 언제까지 바나나만 먹냐고요? 바보 같긴, 물론 사십오 킬로그램이 될 때까지지 언제까지야. 꿀물 다이어트를 하세요. 꿀물만 드시면 됩니다. 아, 가짜 꿀이 아닌지 꼭 확인하세요. 가짜 꿀은 설탕물이라서, 오히려 살이 찐답니다. 수미는 사과와 포도와 삶은 계란과 뻥튀기 사이에서 헤맸고, 그것들은 차례차례 수미를 배반했다.

가족의 응원 속에 형철과 데이트하고 돌아온 혜정은 얼굴에 궁금하다고 매직으로 크게 써 놓은 것 같은 엄마의 질문 공세에 번번이 시달리면서도 그 연예부 기자 같은 엄마의 공세를 매우 기꺼워하는 것 같았다. 김혜정 씨 오늘은 뭘 드셨나요, 데이트 코스는 어땠습니까, 오늘 감상은요? 등등을 엄마가 물으면 혜정은 준비해 놓은 이야기보따리를 풀었다.

"오늘은 오빠랑 스파게티 먹으러 갔었어."

"스파게티이? 그건 어떤 거야?"

"응, 그건 이탈리아 요린데 국수 같은 거야."

"음, 이태리 국수? 맛있겠다."

"그리고 말이야……."

이런 지겨운 대화가 한없이 계속되면 머리가 쪼개질 것 같아서 수미는 자기 방으로 들어가 방문을 닫았다. 그러다가 편의점을 지키는 진수가 자물쇠로 바깥쪽 문을 잠그고 화장실 다녀오면서 담배도 한 대 피우는 동안 살림집에 딸린 문을 열고 먼젓번보다 더 많은 과자와 아이스크림을 가지고 살그머니 제 방으로 돌아왔다. 그리고 그것을 모조리 먹었다.

바사삭 소리가 나는 야채크래커, 마치 수미의 마음처럼 부서지기 쉬운 쿠크다스, 유치원 때부터 즐겨 먹은 오예스, 인디안밥, 치토스, 후렌치파이, 천하장사 소시지와 죠스바와 서주 아이스주, 돼지바, 캔디바, 아맛나, 수박바, 더위사냥…….

부모님과 언니가 돌아오기 전에 부른 배를 끌어안고 숨을 몰아쉬며 마치 태아 같은 자세로 누워 있던 수미의 귀에 언젠가 들었던 노래가 들려왔다.

I say goodbye to love……

No one ever care If I should live or die……

그 노래가 주문이라도 된 것처럼 수미는 화장실로 달려가 주먹을 꽉 쥐고 손목까지 목구멍으로 밀어 넣을 태세로 토악질을 했다. 억지로 토하는 건 이번이 처음이었다. 오른쪽 손등 윗부분의 여린 살갗이 앞니에 쓸려 벗겨지면서 피가 났다. 먹은 순서대로 차례차례 맛이 느껴졌다. 흡사 군것질거리의 층이 쌓여 있었던 것을 재확인하듯.

눈물이 줄줄 흐른 뺨을 수건으로 닦아 내고 실핏줄이 터진 흰자위와 퉁퉁 부어오른 눈두덩을 바라보며 수미는 올해는 언제 첫눈이 내릴까 생각했다. 좀 늦게 내려 줬으면. 나에게 좀 더 시간이 있었으면. 우린 무조건 첫눈이 내리는 날 만나기로 했지. 밥 먹다가도 공부하다가도 뭘 하다가도 무조건 만나기로. 우린 정말 만날 수 있을까.

첫눈 오던 날, 병선과 수미

첫눈이 오면, 신촌 그레이스 백화점 앞에서 만나기.

병선과 수미 모두 이 약속을 꼭 지킬 생각이었다. 병선은 건강을 위해 헬스클럽에 등록해 달라고 부모님께 부탁해 흔쾌히 허락을 받았다. 지나친 근력 운동은 키가 자라는 데 방해가 된다는 헬스클럽 관장의 설명을 듣고 무릎 관절을 자극할 수 있도록 러닝머신을 달리며 땀을 냈다.

주로 엄마나 할머니뻘 여성들이 시원하다며 즐겨 하는 '꺼꾸리'라는 운동 기구를 얼굴에 피가 몰려 시뻘게질 때까지 했다. 평소 직립하는 인체의 위치를 거꾸로 하면 혈액 순환을 좋게 하고 관절에 자극을 준다는 관장의 설명을 듣고 그 누구보다도 오랫동안 꺼꾸리를 차지하는 바람에 기존 꺼꾸리 애

용자들의 원망과 경탄을 샀다.

수미로 말할 것 같으면, 이젠 편의점 과자나 아이스크림을 몰래 갖다 먹는 게 아니라 아예 대놓고 갖다 먹었다. 해가 지고 거리를 자애롭게 비추는 가로등 아래에서 수학과 영어, 국사와 생물 등 온갖 과목을 머릿속에 넣으며 하염없이 걸어 다니고 나면 배에 커다란 구멍이라도 뻥 뚫린 듯 이상한 허기가 사라지지 않았다. 조금 전에 저녁을 먹었는데도 그랬다. 충분히 먹었는데도. 매일 아침 뉴스나 신문에서 일기 예보를 보고 나면 그 증상은 한층 심해졌다.

"올해 첫눈은 예년보다 일찍 내릴 것으로 보입니다. 포근한 기온 속에 눈이 내리고 바람도 강하지 않을 것으로 전망되니, 가족이나 친구 등 소중한 분들과 첫눈 구경을 기대하셔도 좋을 것 같습니다."

그런 소식을 접할 때마다 수미는, 더 토할 게 없으면 누런 위액까지 토해 냈다. 수미 아버지는 그런 건 마음을 단단히 먹으면 해결될 문제라고 역정을 냈지만, 수미가 그야말로 마음을 단단히 먹고 전교 등수를 이백 등이나 올린 데다 반에서는 이십 등을 올려 상위권에 든 걸 알기 때문에 그리 크게 역정을 내지는 못했다. 꼴찌에 가깝던 수미가 일이 등을 하는 게 단단한 마음의 증거가 아니면 뭐란 말인가. 게다가 학원에 가거나 과외를 하지 않고도 한창 성적이 오르고 있는 아이를 야단칠 용기가 있는 학부모는 아직 이 땅에 존재하지 못했다. 오히려 절을 했으면 모를까, 성적 앞에서 부모가 그토록 비굴해지는 현상은 지금도 계속되고 있지 않은가.

어쨌든 수미의 성적은 꾸준히 완만하게 올랐고, 그 뒤로 수미가 뭘 가져다 먹는다고 꾸짖는 사람은 없었다. 가끔 혜정이 입을 비죽거렸지만 부모님이 아무 말도 못하게 했다.

가을이 지나면서 수미는 칠 킬로그램쯤 빠졌지만, 그 정도로는 어림도 없었다. 친구들은 그것 가지고도 비결이 뭐냐, 어떻게 뺀 거냐 호들갑을 떨었다. 사실 수미의 비결 아닌 비결이란 억지로 구토하는 게 다였다. 그러느라 부드러운 피부 표면이 뾰족한 앞니에 문질러져 이제 손등에는 흉터가 떡 자리 잡았는데, 그걸 남에게 말할 생각은 죽어도 없었다.

"어른들 말이 맞나 봐. 나이 먹으며 저절로 빠진다잖아."

아이들은 재미없는 대답을 내놓는 수미 곁을 하나둘 떠났고, 수미는 손등의 흉터에 대일밴드를 새로 붙인 뒤 집에 있기 싫어서 영어 단어를 외며 가로등 켜진 거리를 다시금 걸었다.

병선이 꺼꾸리를 한참 하고 돌아온 날, 집에서 뜨거운 물로 샤워하고 수증기가 낀 거울을 쓱 닦고 제 얼굴을 바라보니 러닝머신 덕에 적당히 혈색이 돌고 여전히 여드름 하나 돋지 않은 것이 조금 마음에 들었다. 원래는 야간 자율 학습을 해야 할 시간이었지만, 지난번 소동 이후로 부모님이 담임을 찾아가 병선의 사정을 설명한 뒤 '야자'에서 빼 달라고 부탁했다. 웬만하면 야자를 빠지지 못하게 하는 것이 원칙이었지만 애가 자살을 시도했다는데 야자라니, 학교에서 죽기라도 하면 큰일이다 싶어 담임은 그러라고 고개를 끄덕였다. 그래서 병선은 헬스클럽에 가서 꺼꾸리도 할 수 있는 거였다.

이젠 우유 오백 밀리를 마실 차례다. 몸을 닦고 거실로 나가 보니 창밖으로 그토록 기대하면서도 그토록 오지 않기를 바랐던 풍경이 눈에 들어왔다. 목화솜처럼 소담스런 눈송이가 천천히 땅으로 내려앉고 있었다.

병선은 기합을 넣듯 하아압, 하고 숨을 들이마셨다. 그리고 제 방으로 달려가 웬 영자 신문을 꺼내더니, 이 옷 저 옷 늘어놓았다. 그렇다, 독자여! 바로 그날이 온 것이다.

수미 학교에서는 '우열반'을 운영하기로 결정했다. 학생들은 불만이었지만 부모들은 대찬성이었다. 우열반 정책이란 물론 공부 잘하는 아이들은 우반, 못하는 아이들은 열반에 넣고 이를테면 격리하여 공부 시키는 것이었다.

단순히 두 반으로 나누는 것이 아니라 아주 정교하게, 각 학년 학생 중 최상위권은 A반, 중위권은 AA반, 하위권은 AAA

반으로 나누는데, 이것을 다시 국영수 과목별로 나누었기 때문에 대학 강의실처럼 자기 성적에 맞는 교실로 우르르 옮겨 다니며 수업을 들어야 했다. 모든 과목이 A인 학생들은 교실을 옮기지 않아도 되었다. 선생님들은 야간 자율 학습도 이렇게 나누어서 잘하는 애들은 잘하는 애들끼리, 못하는 애들은 못하는 애들끼리 모아 놓을 테니 억울하면 올라와 보라고 늘 도발을 했다.

수미는 처음에는 AAA반일 때가 많았지만 점차 A 자를 줄여 가서 교실을 옮길 필요가 거의 없는 아이들 중 하나가 되었다. 은미는 수미와 수미가 가져오는 빵을 몹시도 아쉬워했지만, 수미는 이제 빵을 가져오지 않는다며 책가방을 거꾸로 들고 흔들어 보였다. 은미는 그제야 어깨를 축 늘어뜨린 채 제 반으로 돌아갔다. A반 학생들에게 주어지는 특혜가 있다면 아프다, 집에 사정이 있어서 조퇴해야 한다, 생리 중이라 아프다 등의 핑계를 교사들이 믿어 준다는 거였다. AAA반 학생들이 그랬다간 닥치고 공부나 하라는 훈계를 듣고 청테이프로 감은 아이스하키 스틱으로 얻어맞기 십상이었다.

야자가 시작되어 수학 교과서에 코를 박고 있던 수미는 와아! 하는 아이들의 조용한 탄성에 창밖을 바라보았다. 구름을 작게 뜯어서 떨어뜨리는 것처럼 탐스러운 눈송이가 조용히 떨어지고 있었다. 수미는 수학 교과서를 덮었다.

아냐. 아직 그 사람을 만날 수 있을 만한 상태가 아니잖아.

다시 수학 교과서를 펼쳤다. 긍정적으로 바라보면 수미는 십 킬로그램 정도 빠졌다. 부정적인 것은 아직 수미가 육십이 킬로그램이 나간다는 사실이다.

눈 오는 날, 그래, 눈 오는 날. 수미는 교과서를 덮었다.

최소한 그가 어떤 사람인지 살짝 엿보고 올 수라도 있어. 사정이 생겨서 못 갔다고 하고 보고 오지, 뭐.

이럴 때 소녀의 궁금증은 아마 악마라 해도 막을 수 없을 것이다. 수미는 얼굴을 찌푸리고서 감독 선생님에게 다가가 조그만 소리로 배가 많이 아프다고 말했고, 흔쾌히 가 보라는 대답을 얻은 뒤 가방을 챙겨 부랴부랴 학교를 나섰다.

신촌 그레이스 백화점 앞은 젊은이들의 전형적인 만남의 장소로, 그날은 특히나 많은 사람들이 득시글거렸다. 우리 애기 왔어? 하고 아기를 안아 올릴 것 같은 자세로 연인을 꽉 끌어안는 남자, 단체 미팅을 하기로 했는지 아직 오지 않은 사람을 왁자지껄 기다리는 열 명쯤 되는 사람들, 삐삐를 들여다보다가 주머니에 넣고 몇 초도 안 되어 다시 꺼내 들여다보며 누군가의 연락을 애타게 기다리는 사람들, 공중전화 부스 앞에 길게 늘어선 사람들. 사람이 너무나 많았다.

하지만 우린 만날 수 있을 거야. 병선과 수미 모두 그렇게 생각했다. 빨간 장미 한 송이와 영자 신문 한 부를 들고 있기로 해요. 이 아이디어가 누구 머리에서 먼저 나왔는지는 기억나지 않았다. 거의 동시였을 거다. 영자 신문이 만남의 표식이 되는 장면이 드라마에 자주 나왔고, 세련된 꽃집이라면 꽃다발을 반드시 영자 신문으로 한 겹 포장해 주던 시절이었다.

병선과 수미는 이 뜻하지 않은 우연이 정녕 운명인가 싶어 뿌듯했다. 그렇지만 둘 다 서로를 만날 용기가 없었고, 멋대로 적은 신상 명세를 믿는 상대가 자기를 알아볼 것이라는 믿음도 없었다. 그래서 빨간 장미와 영자 신문을 대놓고 옆구리에 끼고 있을 자신이 없는 병선은 장미 한 송이 위에 영자 신문을 둘둘 말아 쥐고서 신문도 장미도 잘 알아볼 수 없게 했다. 그러면서 부지런히 눈을 굴려 '초희'의 모습을 찾았다. 얼마나 청순하고 아름다울까!

수미 또한 제 정체는 들키고 싶지 않았지만 '민준'의 모습을 확인하고는 싶었다. 그래서 학교에서 바로 오느라 교복 차림인 게 좀 창피하긴 했지만 '민준'이 자신을 절대 알아보지 못할 테니 오히려 교복이 더 안전하다고 여겼다. 그래도 빨간 장미꽃과 영자 신문은 가져왔다. 동복 위에는 코트를 입지 못하게 하는 웃기는 학교 규정 때문에 점점 추워져서 영자 신문을 깔고 앉았더니 한결 나았다. 장미꽃은 가방 안에 넣되 꽃송이 부분만 보일락 말락 하게 해 놓은 다음, '민준'이 어디 있는지 수미는 두리번거렸다.

자, 장미꽃에 영자 신문 가진 사람…….

그런데 아뿔싸! 날이 날이니만큼 신촌 그레이스 백화점 앞에는 사람이 무진장 많았고 만남의 표식으로 가장 많이 쓰이는 것이 붉은 장미나 영자 신문, 또는 그 둘 다였다. 저기는 뉴욕 타임스, 저기는 뉴욕 포스트, 또 저기는 워싱턴 포스트, 월스트리트 저널에다 USA 투데이까지! 수미는 자기도 뉴욕 타임스를 들고 있다는 사실을 까먹고 속으로 욕을 했다.

이런 사대주의자들!

그 사대주의자 놈들이 민준과 자신의 만남을 방해하는 것 같아 민준을 만날 때까지 목표한 만큼 살을 빼지 못한 제 탓은 순식간에 머릿속에서 사라지고, 지금까지 민준을 만나지 못한 까닭이 다 이 때문이다 싶어 수미는 서러움에 눈물이 찔끔 날 것 같았다.

저들이 뭔데 나와 민준의 운명적인 만남을 방해한단 말인가. 아아, 서러워라. 수미가 한껏 비애에 젖어 있을 때 저쪽에서 낯익은 얼굴이 보였다. 장미를 안 보이게 하려는 듯 뉴욕타임스로 둘둘 말아 쥐고 있는 조그맣고 마른 소년. 유약하고 선한 인상. 머리칼은 나름 무스를 발라 정돈했고, 떡볶이 코트 아래 티셔츠를 입었는데 가슴께에 292514=STORM이라고 쓰여 있었다. 292513인데, 바보 같으니. 신발은 초콜릿 빛깔의 닥터 마틴 말고, 볍씨처럼 노란색을 한 짝퉁 '닥터 케이' 워커를 신고 있었다. 거기에 억지로 내려 입은 티피코시 청바지라니.

수미는 깜짝 놀랐다. '황새가 뛰면 뱁새도 뛴다'는 말이 맞구나. 재는 뱁새도 아니고 벌새 같은데. 설마 재가 '민준' 오빠는 아니겠지. 꼴에 이런 유행은 또 알아 가지고.

수미는 영자 신문과 장미를 든 자신이 민준 오빠에게 보낼 편지지와 우표를 사기 위해 몇 번 을러대자 순순히 돈을 내놓고 도망치던 지질한 녀석과 같은 급이 되나 싶어 몹시 불쾌했다. 수미는 고개를 돌리고 민준 오빠를 찾기에 골몰했지만, 딱 이 사람이다 싶은 사람이 눈에 띄지 않았다. 아무래도 무슨 사정이 생긴 모양이었다.

장미 위로 영자 신문을 둘둘 말아 쥐고 초희의 모습을 찾던 병선은 수미의 모습을 보는 순간 기가 막혔다. 저런 하마 같은 여자애도 이런 날 로맨틱한 약속을 하는구나. 저번에 나한테서 얼마를 뜯어 갔더라. 절대 눈이 마주치지 않게 조심하자. 아니, 난 절대 재를 무서워하는 게 아니라 더러워서 피하는 거야. 이번에 또 엮이면 어떡해.

그러다 병선은 깜짝 놀랐다. 아무리 동복이라 해도 얇은 교복 차림이라 추운지 무얼 깔고 앉았는데, 가만 보니 뉴욕 타임스가 아닌가. 혹시 손에 뭘 들고 있나 싶어 급히 눈알을 돌렸지만 아무것도 없었다. 휴우, 안도의 한숨을 내쉬는 바로 그 순간, 책가방에서 삐죽 고개만 내민 장미꽃이 보였다. 설마 재가 초희는 아니겠지. 아니야. 아니야. 아니어야 해. 내가 민준이 아닌 것처럼.

순간 두 사람의 눈이 마주쳤다.

2017, 병선과 수미

수미는 아무한테도 들리지 않도록 휴, 하고 아주 작게 한숨을 내쉬었다. 수미가 일하는 A대 부설 수리 과학 연구소는 대여섯 명이 들어가기 딱 좋을 크기에 일고여덟 명의 연구원을 집어넣어 서로의 숨소리는 물론 타이핑 소리까지 천둥처럼 들리기 때문에 다들 서로서로 조심하고 있었다. 수미는 여러 연구 과제 중 '심층 신경망 최적화를 위한 손실 함수 극솟값 계산 알고리즘'이 특히 까다로워 주말에도 출근하며 한창 골몰하던 중이었다. 그런데 출근하자마자 열어 본 이메일에 수미의 담당 교수가 보낸 일방적인 협조 요청문이 있었다.

학과로 수학 자문이 필요하다며 공문이 왔는데, 하필 수미의 담당 교수가 학과장인 바람에 그 불똥이 아주 자연스럽게 수미에게 떨어졌다. 학과장은 이런 자질구레하고 빛나지 않는 일은 언제나 수미에게 맡겼다. 내용은 이러했다.

B영화사에서 영화 시나리오에 반영하기 위해 수학 관련 자문을 구한다고 하네. 연출부 한 명을 보낸다고 하니 미안하지만 시간을 내서 답 좀 해 주게나.

내가 제일 만만한 거지. 말이 부탁이지 명령이면서. 수미는 갑자기 커피가 몹시 고파졌다. 학과장은 남자 박사들에게는 한 번도 이런 일을 시킨 적이 없었다. 그렇지만 그 사실을 지적할 용기는 없었다. 수미는 알겠다는 답장을 보낸 뒤 커피를 마시러 갔다.

반에서 꼴찌를 다투던 수미가 A대학 연구원이 된 것은 그녀의 부모가 생각하기엔 기적이었다. 거리를 걸어 다니며 수학 공식과 영어 단어, 역사 지식을 중얼중얼 외는 공부법은 학습 방식의 하나로 완전히 정착되어, 깔끔하게 우레탄을 깐 운동장을 도입한 강남의 학원들에서는 소문을 듣고 그 공부법의 창시자로 수미를 특별 강사로 초빙하려 했지만 수미는 대학 때부터 일일이 거절했다.

그동안 근처에 대형 마트가 들어서면서 부모님은 편의점을 정리했다. 형철과 혜정은 두 번 헤어졌다가 다시 만나 결혼했다.

조금 많이 먹었다 싶은 날이면 수미는 화장실로 달려가 어김없이 토했다. 그때쯤엔 이미 웩웩 하는 소리도 내지 않고 목젖을 최소한으로 자극하면서 토하는 데 이력이 붙어 있었다. 그리고 세상에는 위액보다 쓴 것이 얼마든지 많다는 걸 알게 된 뒤로 수미는 언젠가 받았던 여러 통의 편지를 쓴 사람처럼 진하게 내린 커피의 맛을 즐겼다. 대학에 들어가고부터 하루에 대여섯 번씩 마셔 온 진한 커피는 수미의 역류성 식도염을 점점 악화시켰다. 그래도 그 덕분에, 또 걸어 다니며 공부하고 기름진 간식을 최대한 줄인 덕에 백칠십 센티미터 키에 육십 킬로그램의 적당한 몸이 만들어지긴 했다.

구태의연하게도 여자 몸무게는 무조건 사십팔 킬로그램이 맞다고 생각하는 사람들은 수미에게 '살만 빼면 미스코리아감'이라고 말하기도 했지만, 수미는 그따위 말은 듣고 싶지 않았다. 지금까지 얼마나 고생했는데. 날씬하지는 않아도 당당하고 늘씬한 이 정도면 만족이었다. 미스코리아 대회에 나갈 나이도 지났을뿐더러, 사십팔 킬로그램 어쩌고 하면서 다시 고생하고 싶진 않았다. 떡대가 좋다느니 어쩌고저쩌고 놀리는 사람이 있었지만, 그러는 사람들은 대개 체구가 아담해서, 고등학교 때라면 수미에게 문구점 앞에서 매를 맞았을 법했기에 수미는 늘 웃으며 넘길 수 있었다. '문구점 앞을 조심해.' 하고 생각하면서.

수미가 딱 좋아하는 농도의 진한 커피를 사이폰으로 내려 주는 카페에서 친구를 기다리다가 드디어 프레베르의 실체를 알게 되는 날이 왔다. 그날 수미는 친구가 유난히 늦어 카페 한구석에 놓인 헌책을 뒤적거렸다. 카페 주인이 인테리어용으로 쓰기 위해 고물상에서 킬로그램 단위로 사 온 책 중에서 영어로 된 『해부학의 이해』 따위를 넘겨보며 지루함을 달래던 수미는 낡은 시집에서 '자크 프레베르'라는 이름을 발견하고는 깜짝 놀라 커피까지 쏟을 뻔했다. 수미는 이렇게 오랜 시간이 지나 드디어 자크 프레베르를 만났고, 그가 과연 진한 커피와 아주 잘 어울린다는 것을 알게 된다. 수미는 누렇게 바랜 그 시집에서 가장 마음에 드는 시를 카페 주인 몰래 살짝 찢어 지갑에 넣고 다녔다.

자문을 구하러 온다던 B영화사의 연출부 스태프는 생각보다 일찍 왔다. 키는 수미와 비슷할 것 같았고 웃는 얼굴에 순한 표정이었다. 이른바 예술, 특히 영화 하는 남자는 뭔가 예술가스러운 느낌, 자기 중심적일 것 같은 느낌, 지저분하고 안 씻을 것 같고 터프할 것 같은 예상을 보기 좋게 배반하는 첫인상이었다. 퇴근 시각에 맞춰 약속을 정했으므로 수미는 얼른 트렌치코트를 걸치고 그와 함께 학교 밖으로 나갔다.

둘은 서로 명함을 교환하며 인사를 나누었다.

“김수미예요.”

“처음 뵙겠습니다. 전병선입니다.”

“영화 하시는 분은 처음 뵙네요.”

“저도 수학 하시는 분은 처음 뵙습니다. 이 근처는 훤하시죠? 학부도 이쪽에서…….”

“네, 너무 오래 있었죠.”

“저녁을 대접해야 하는데 어떤 걸 좋아하십니까? 회사 카드 받아 왔으니까 맛있는 거 많이 잡수세요.”

보통 법인 카드 받아 왔다고 하는 남자들은 자기 카드도 아니면서 제가 무슨 공을 세운 것처럼 우쭐거려서 눈꼴시었는데, 병선은 그러지 않아서 수미는 퉁명스럽던 마음이 차츰 누그러졌다.

“조용한 데가 좋으시겠죠? 저쪽에 사람들이 잘 모르는 집 있어요.”

“좋습니다.”

퓨전 레스토랑에서 자기가 주문한 음식을 맛보라고 서로 권하기도 하면서 수미는 마치 소개팅 같다는 생각에 즐거웠다.

병선은 호기심을 안고 열심히 이야기를 들었으며, 수미의 시시한 농담에도 잘 웃었다. 수리 과학 연구소에는 여성이 워낙 적기도 했고, 잘난 척하는 이 박사, 박 박사, 최 박사 들을 하도 많이 봐서 여자가 말할 때 말을 끊지 않고 끝까지 듣고 있는 남자의 존재가 수미는 신기했다. 하우스 와인도 한 잔씩 주문해 예쁜 조명 아래에서 마시니 늘 컴퓨터 앞에서 숫자와 싸우던 수미는 오랜만에 제대로 휴식을 취하는 기분이었다.

"……그래서 제가 어떻게 도와드리면 될까요? 영화는 보통 시나리오 작가가 쓴다고 알고 있는데 연출부 스태프분이 오셨네요?"

"아, 물론 시나리오 작가도 있어요. 책, 아, 현장에선 시나리오를 보통 '책'이라고 해요. 시나리오 작가는 보통 영화감독으로 데뷔할 기회가 거의 없고 영화판에서는 좋은 시나리오를 눈에 불을 켜고 찾죠. 그래서 영화감독이 되고 싶은 사람들은, 누가 감독 시켜 주는 게 아니니까 스스로 좋은 시나리오를 써서 영화사를 찾아갑니다. 그래서 이 책 좋다, 오케이 나면 시나리오를 파는 대신에 자기가 감독을 하겠다는 조건을 거는 거죠. 그렇게 데뷔하는 게 제일 안전해요."

"이번 영화도 그런 건가요?"

"아뇨, 저희 감독님은 이번이 두 번째 작품인데 아직 자리를 완전히 잡은 게 아니어서 시나리오를 직접 쓰시고, 이런 자료 조사는 저희 같은 스태프가 하는 거죠. 이번 영화는 한국 영화 〈도둑들〉이나 할리우드 영화 〈오션스 일레븐〉처럼 여러 명의 등장인물이 자기 특기를 이용하는 걸 보여 주는 게 핵심인데, 그중에 수학 천재 소년이 나와요. 그래서 그 소년이 어떤 공식을 풀 것인지를 알아야 하는데, 솔직히 저희는 다 무리죠. 그래서 이렇게 김 박사님 찾아뵙게 된 거고요."

"생각은 며칠 전부터 대충 해 뒀어요. 그 소년이 몇 살쯤이죠? 너무 어렵지 않으면서 관객에게 흥미를 줄 만한 몇 가지 수학 공식이 있거든요."

레스토랑에서 나오니 벌써 세 시간이 훌쩍 지나 있었다. 병선이 구십 도로 인사하며 큰 소리로 말했다.

"김 박사님, 정말 고맙습니다! 박사님 아니었으면 저희는 또 한 달은 허비할 뻔했어요. 이렇게 딱 적합한 전문가를 찾기가 정말 힘들거든요."

"별 말씀을요. 근데…… 오늘 바쁘세요?"

"네? 아니요. 그런데 왜요?"

"병선 씨 얼굴이 왠지 굉장히 낯익어서요."

"저도 이상하게 박사님 얼굴이 무지 낯익어요. 이거 전형적인 작업 멘트인데, 진짜 그런 거 아니구요, 정말 어디서 뵌 거 같아요."

"어디일까요? 2차로 제가 맥주 한 잔 살 테니까 어디서 봤는지 한번 알아보면 어때요? 이것도 작업 멘트 같죠?"

"제가 사게 해 주시면 그렇게 할게요."

"영화 하시는 분이 얼마나 번다고……. 제가 살 테니까 다음에 사세요."

"아픈 데를 찌르시니……. 그럼 그렇게 해요. 대신 다음번이 꼭 있어야 됩니다."

병선은 영화 시나리오에 많은 도움을 준 수미가 고맙기도 했지만 분명히 어디서 본 사람이라는 생각을 지울 수 없었다. 해진 소파에 자리를 잡고 앉으며 수미를 어디에서 봤는지 기억해 내려 했지만, 감도 잡히지 않았다. 생맥주가 한 잔씩 나오고 나서 건배를 청하려 하는데 수미도 병선을 뚫어져라 보고 있었다. 그러더니 고개를 절레절레 흔들었다.

"조감독님 정말 어디서 뵌 것 같아요. 진짜 옛날에 뵌 분 같거든요. 근데 정말 어디서 뵈었는지 생각이 안 나네요. 영화는 어쩌다 하게 되셨어요?"

"저도 왠지 박사님이 낯설지가 않아서 신기합니다. 아, 영화는요, 제가 옛날에 친구가 하나 있었어요. 그 친구한테 영화 마니아인 척하면서 모자란 영화 지식을 주워섬기면서 온갖 잘난 척을 하다가 진짜로 영화를 좋아하게 됐어요."

"저도 어떤 친구 때문에, 그 친구를 만나는 날 예쁜 모습으로 만나려고 정말 온갖 다이어트를 다 해 본 적이 있어요. 저, 옛날엔 정말 굴러다녔거든요. 그 친구를 만나고 싶어서 마음먹고 살을 뺐죠."

"와, 그럼 살도 빼고 그 친구하고 잘됐나요?"

수미는 어깨를 으쓱해 보였다.

"세상일이란 게 그리 쉽지가 않나 봐요. 만나질 못했어요."

"만나질 못했다고요?"

"그런 게 있어요."

그때 수미가 자주 신청하는 샹송이 부탁 없이도 흘러나왔다. 갑자기 병선의 얼굴이 환해졌다.

"오! 이거 이브 몽탕이 부르는 '고엽'이네요. 가사는 자크 프레베르라는 시인의 작품이죠."

수미는 눈을 동그랗게 떴다.

"자크 프레베르를 아세요?"

병선은 씩 웃고는 얼굴을 붉혔다.

"옛날에 어떤 친구가 좋아해서요……. 전 사실 프레베르가 과자 이름인 줄 알았어요."

수미의 눈이 더욱 동그래졌다.

"과자요?"

"네, 진한 커피에 곁들이면 맛있다고……. 웃기죠?"

갑자기 수미가 폭소를 터뜨렸다. 병선은 얼굴이 발개진 채 수미를 빤히 바라보았다.

"왜…… 웃으세요?"

"저도 옛날에 과자인 줄 알았던 적이 있어요. 우리 말고도 그런 사람이 많았나 봐요."

"김 박사님도 과자인 줄 알았다고요?"

"네, 홍차에 곁들이면 좋은 과자인 줄 알았죠. 카페에서 우연히 시집을 보고서야 알았어요. 이 노래도 그 후부터 자주 챙겨 듣게 되었고요."

시간이 늦어져 둘은 자리를 파했지만 정류장으로 가는 길까지 나란히 걸으며 아까 그 노래를 불러 달라, 못한다, 자그마한 실랑이를 벌였다. 지나가는 사람들 눈에는 이제 막 사랑을 시작하는 연인들이 그 사랑에 양념을 더하려 아옹다옹 다투는 것으로 보여서, 몇몇 사람은 그들을 향해 부드러운 미소까지 지으며 지나갔다.

병선의 끈질긴 요청을 한참 거절하다가 수미는 역공을 펼쳤다.

"그럼 조감독님이 한번 불러 보세요. 잘하시면 저도 한번 고려해 보는 걸로."

병선은 웃으며 귓등을 살짝 긁었다.

"사실, 저도 불어 못해서 몰라요. 대신…… 자크 프레베르의 시는 외우고 있는 게 하나 있어요. 그건 안 될까요?"

수미는 웃으며 고개를 끄덕였다.

"한번 내놔 보세요."

병선이 얼굴을 살짝 붉히면서 흠흠, 목소리를 가다듬었다.

이 사랑

이 사랑
이토록 격렬하고
이토록 연약하고
이토록 부드럽고
이토록 절망하는
이 사랑
대낮처럼 아름답고
나쁜 날씨에는
날씨처럼 나쁜
이토록 진실한 이 사랑
이토록 아름다운 이 사랑
이토록 행복하고
이토록 즐겁고
어둠 속의 어린애처럼 무서움에 떨 때엔
이토록 보잘것없고
한밤에도 침착한 어른처럼
이토록 자신 있는 이 사랑
다른 이들을 두렵게 하고
다른 이들을 말하게 하고

다른 이들을 질리게 하던
이 사랑.

“너무 길어서 그다음은 잘 모르겠어요.”

병선이 머쓱해하며 손톱의 거스러미를 살짝 뜯었다. 수미는 살며시 미소 지었다. 그 시의 뒷부분은 누런 갱지로 만든 헌책에서 뜯어내 수미의 지갑 안에 부적처럼 들어 있었으니 병선에게 나머지를 외워 줄 수도 있었다. 그러나 지금, 그게 무슨 상관일까.

초가을 저녁, 자크 프레베르의 「이 사랑」.

허세를 부리며 제 것이 아닌 제 모습을 꾸며 우체통에 서툰 연서를 밀어 넣던 시간들, 답장을 받으면 그토록 행복하고 그토록 즐거우면서도 자신의 진짜 모습을 알게 되면 어쩌나 어둠 속의 어린애처럼 떨면서 영자 신문을 둘둘 감아 들고 어색하게 기다리던 기억이 둘의 머릿속으로 아주 오랜만에 스쳐 지나갔다.

병선의 표정이 무엇을 물으려는 듯했지만 그는 그냥 웃어 보이고는 아무 말도 하지 않았다. 이제는 한밤에도 침착한 어른처럼, 이토록 자신 있는 이 사랑……. 서늘한 가을 밤거리에 진눈깨비가 내리기 시작해, 누가 먼저랄 것도 없이 병선과 수미는 좀 더 가까이 붙어서 걸었다.

우리들 사랑은 거기 그대로
바보처럼 고집스럽게
욕망처럼 피어오르며
기억처럼 잔인하게
회한처럼 어리석게
대리석처럼 싸늘하게
대낮처럼 아름답게
어린애처럼 연약하게
미소 지으며 우리를 바라본다

열일곱 살에 에세이집『네 멋대로 해라』로 데뷔해 과분한 사랑을 받았다. 요즘처럼 대안 교육의 길이 거의 없던 시절에 공교육 체제에서 괴로워하고 고민한 경험을 글로 써서 청소년 독자들의 오랜 사랑을 받았다. 이것은 나에게 늘 마음의 빚으로 남아 있다. 그분들에게 휴대폰도, 삐삐도, 인터넷도 없던 시절의 어리숙한 사랑을 그린 이 소설이 작은 선물이 된다면 더 바랄 것이 없겠다. 수학 자문과 물심양면 도움을 아끼지 않은 장수미, 정병선 수학 박사 부부에게 감사의 인사를 보낸다.

2017 가을, 김현진

XX 같지만, 이건 사랑 이야기

초판 1쇄 펴낸날 2017년 10월 25일
초판 2쇄 펴낸날 2018년 5월 3일

지은이 | 김현진
펴낸이 | 홍지연
펴낸곳 | 도서출판 우리학교

편집 | 김영숙 이혜재 김민정 소이언
디자인 | 김민경 권진영
마케팅 | 이선행
관리 | 김세정
인쇄 | 에스제이 피앤비

등록 | 제313-2009-26호(2009년 1월 5일)
주소 | 03993 서울시 마포구 월드컵북로6길 92 구성빌딩 2층
전화 | 02-6012-6094
팩스 | 02-6012-6092
전자우편 | woorischool@naver.com

ISBN 979-11-87050-46-9 43810

이 도서의 국립중앙도서관 출판예정도서목록(CIP)은 서지정보유통지원시스템 홈페이지(http://seoji.nl.go.kr)와 국가자료공동목록시스템(http://www.nl.go.kr/kolisnet)에서 이용하실 수 있습니다.(CIP제어번호: CIP2017023508)

• 책값은 뒤표지에 적혀 있습니다.
• 잘못된 책은 구입한 곳에서 바꾸어 드립니다.